一个人的马拉松

One Man's Marathon

黄春华——著

GUANGXI NORMAL UNIVERSITY PRESS
广西师范大学出版社
·桂林·

一个人的马拉松

YI GE REN DE MALASONG

图书在版编目（CIP）数据

一个人的马拉松 / 黄春华著. --桂林：广西师范大学出版社，2022.7

ISBN 978-7-5598-4900-7

Ⅰ. ①一… Ⅱ. ①黄… Ⅲ. ①随笔－作品集－中国－当代 Ⅳ. ①I267.1

中国版本图书馆 CIP 数据核字（2022）第 062870 号

广西师范大学出版社出版发行

广西桂林市五里店路 9 号　　邮政编码：541004

网址：http://www.bbtpress.com

出版人：黄轩庄

全国新华书店经销

湛江南华印务有限公司印刷

广东省湛江市霞山区绿塘路 61 号　邮政编码：524002

开本：880 mm × 1 230 mm　1/32

印张：6.5　　字数：129 千

2022 年 7 月第 1 版　　2022 年 7 月第 1 次印刷

定价：48.00 元

目录

人生就是一场马拉松

1

在和马拉松打了5年交道之后，我才敢落笔写下这样一串文字，一是因为自己确实有了一些真切的感受，有许多个瞬间激励着我，牵引着我；另外，群里的“马友”催逼得急，深感再不动笔，就会被一脚踢出。那么，写吧，不管三七二十一。

但是，底气还是不足的。行话说了，不跑满 7 年，都不好意思说是“老马”。如此说来，在“马群”里，我还是个稚嫩少年，偶发感慨，也只能算是“少年不识愁滋味，爱上层楼。爱上层楼，为赋新词强说愁”。

没有底气，还有一个重要原因。我本非运动好手，顶到天也就是一个运动爱好者（当然，我这一米六刚刚出头的个子，也顶不到天），在校期间，体育成绩一直在及格线挣扎。如此一来，跑起步来，速度可想而知。爆个实料吧，我的最快全马成绩是 4 小时 28 分 8 秒，内行一看就会轻嘘一声，不过如此而已。

但是，这文章我是写定了，我这人就这德行，一旦选择，就埋头去干，不怕人笑话。

我敢动笔，自然有说服自己的理由。其实，我想谈的也许不是跑步，而是人生。正是跑步跟我的生活有了高度的契合，我才爱上跑步。爱上跑步，就是爱着我的生活。

我的人生就是一场马拉松。

遥想我生命的起点，是一个穷得饭都吃不饱的小山村，那里的人们祖祖辈辈面朝黄土背朝天，目标只有一个：把肚子搞饱。可是，许多年，他们都不能。

和我前后脚落地的，还有许多吱哇乱叫的小崽子，他们的哭喊表明了对上天的不满。和他们在一起，其实就是站在了马拉松的起跑线上。

我还能清楚地记起，我们一起跑向学校，跑向山岗，跑向田野……那时，我心中有一个坚定的目标：要跑出山村。渐渐地，我甩开了他们，成为唯一跑进县城一中的选手。

县一中高手云集，我的脚力明显不济，只能勉强跟着大家跑。跟着一群腿脚强健的人跑，是非常辛苦的，我被拖得筋疲力尽，好多次都想放弃。好在我咬牙坚持住了，虽然没有值得一提的战绩，但在自己力所能及的范围内，我抓住了一所大学。那个年代，进了大学，就是真正跑出了山村。

跑出了山村，心中豁然开朗，那应该算是跑过了人生最初的疲劳极限吧。然后，就能一直顺利地跑下去吗？未必！

前些时候，网上传说，歌手朴树在演唱李叔同的《送别》时，失声痛哭，完全失控。他道出的心里话是：谁不是一边不想活了，一边努力活着……

此事引得网友一片共鸣。我却沉默。

关于生死，我曾经思量过不止一次两次，但我始终不肯说出口。在马拉松的跑道上，我还是个稚嫩少年；在人生的路上，我已经步入中年，该是到达“而今识尽愁滋味，欲说还休。欲说还休，却道天凉好个秋”的境界了吧。

人生是场马拉松，是马拉松，就有撞墙的时候。撞墙的感觉就是要死要活。

当然，这只是一种契合，绝不是完全相同。我理解朴树心中的悲凉、凄怆，因为我心中也有。我努力地用跑步去化解，化解不了，我就欺骗自己，我的人生不过是场马拉松。

谁的人生又不是呢？

重新设置起跑线

2

一个穷乡村的孩子，进入大学，就算是跑过了人生的疲劳极限。此刻，腿脚带劲，匀速前进，心中窃喜。

笑容未尽，抬头一看，发现自己似乎跑错了路。换一种说法，就是我现在选择的这条路，不是我想要的。我在黑龙江商学院学了4年的制冷专业，并不喜欢。这一发现让我心乱如麻。

我真正喜欢的是什么？说宽泛一点，是文学；说窄小一点，就是《红楼梦》。大学4年，我表面是在学制冷，暗地里却抱着《红楼梦》没有撒手。我知道，我爱上了她，但是，我有资格爱吗？那么远的距离，除了考试作文，我甚至连一篇像样的文章都没有写过。这就好比那些年，面前晃来晃去的光鲜美女，个子高挑，面容姣好，穿着时髦，我能不爱吗？可是，没有资格，只有远远躲开。

树上的葡萄，摘得下；云端的天鹅，捞不着，就算了吧，现实点也没什么不好。

如果我就沿着制冷专业一路跑下去，保证不犯二，人生一定是好的。因为我深知制冷专业虽然不算高科技，但非常实用，也非常管用，做个技术人员，会很吃香，做个小老板，会很来菜。

而且，我还要爆些猛料，我的专业知识非常扎实，机械设计考过满分。那个教了几十年专业课的老师在班上使劲表扬我，却没找到我的人。那天，我因发烧，躺在寝室。

另外，我的制图也是好得有目共睹。我们黑商第一美男子，就是我们寝室老大大广，他被同校的新疆美女倒追到手。临近毕业之际，大广要回老家一趟，为美女落实工作单位，直接把设计的活儿甩给了我。我一边做着自己的设计，顺手捎带就给他搞定了。

占尽专业优势，毕业之后，在单位没搞两年，我就不耐烦了，直接犯二，跨行转入办公室当秘书。秘书是个好活，是上升之路的快速通道，如果我不再次犯二，沿着这条路跑下去，“下场”必然是当官。

约莫两年，我就不耐烦了，又一次，我没有把持住自己，一脚跳出了官道，踏上了一条完全陌生的文学之路。毫无疑问，一切都要从零做起。

从这一刻开始，我把我的人生抹平，重新选择了一个起跑线。以前，我说我的人生是场马拉松，从现在开始，我改口了，说“文学是场马拉松”。

虽然找到了一条喜欢的跑道，虽然坚信会一直深爱这一路的风景，但是，重新启动并不是一件容易的事情。关于文学的不易，我想把时间对准2012年。

那一年的夏天，“中国幻想文学创作研讨会”在北京召开，我在会上有一个发言，全文在此：

幻想的旅程

——在中国幻想文学创作研讨会上的发言

提到幻想文学，我就会想到《指环王》《哈利·波特》《西游记》种种此类。但我又会想，那么马尔克斯呢？卡夫卡呢？曹雪芹呢？所有那些我喜欢的作家们，他们靠什么写作？难道不是幻想吗？

在文学的殿堂里，我永远是个小学生，至于幻想文学，我更是门外汉。我只能凭十几年打字的经验来说话，如果说我坐在电脑前敲打着键盘，还能勉强称得上是写作，那么，我愿意把每一次写作都称作是一次幻想的旅程。是的，从《杨梅》到《一滴泪珠掰两瓣》再到《猫王》，我都是在享受一次次幻想的旅程，只是因为去的地方不一样，呈现出来的风景照也就不同。

关于写作，我说不出太多有价值的经验，我更愿意谈谈我的生活，因为我把它也看作一次幻想的旅程。

40年前，我出生在湖北当阳一个叫望城的乡村，我赤着脚在山上放牛的时候，总是会向一个方向张望，沿着那个方向，翻越八里山路，就是县城。那是我童年记忆中最辉煌的去处。每次跟父母进城，都像过节，要郑重地换上一套新衣裳。那时，我坚信，县城就是天堂。我真希望自己能生活在天堂，一直到死。

初中毕业，我是望城中小学唯一考上当阳一中的学生，我终于可以打点行装，到我梦中的天堂。然而，3年的高中生活，把我的天堂全毁了。原来在我心中光芒四射的县城，变得暗淡了，甚至已经小到容不下我的脚尖。于是，高考结束，我脚尖一弹，直奔千里之外的北国冰城。

那时，我确实有天地任我行的感觉，相信世界无比的丰富，生活无比的精彩。可是，4年的工科学习让我渐渐清醒，我未来的生活将会一成不变，画图，设计，设计，画图，那不是我想要的。于是，在毕业那天，我高声宣布，我要改行，写作！我要像曹雪芹那样，死后还有人抱着他的书哭呀笑呀。那才是无限的生活。

在对文学一无所知的情况下，我爱上了她，并决定搭进自己的一生。

此后，我做过冷冻工、设计工程师、营销员、秘书、策划总监、校外教师、杂志编辑……这些都是我谋生的手段，我真正的心思全部用在写作上。

我很庆幸两件事：一是我没有成为一个商人，很好，因为那不是我想要的；二是我没有成为一个官人，很好，因为我不喜欢。为了文学，我自愿放弃这些；为了文学，我可以放弃一切——包括我的尊严吗？

在为买房东借西凑的时候，我想我是放弃了尊严的；在丢掉工作埋头写作，全家仅靠老婆不多的工资养活的时候，我想我是放弃了尊严的；在儿子上幼儿园交不起学费的时候，我想我是放弃了尊严的……

然而，生活是第一位的。我不能放弃生活，我不能让我的老婆一辈子跟着我受委屈，不能让我的儿子一提到我就脸红，我不能一直做一个穷困潦倒的所谓文人，让我的亲人在背后为我唉声叹气。我准备放弃幻想的旅程，彻底地，把最后的期限设定在我的本命年2005年。我似乎已经找不到可以坚持下去的借口了。

感谢希望电子出版社的杨政，2005年出版了两本“开皮豆”；感谢春风文艺出版社的阿朱，2005年出版了《我的朋友是怪蛇》；感谢中国少年儿童新闻出版总社的汪玥含，2006年出版了“特殊女孩”系列。是他们让我看到了希望，有了坚持下去的理由，让我的幻想旅程起死回生。

今天，我要郑重地感谢中国少年儿童新闻出版总社和儿童文学出版中心的每一位老师，是他们辛勤的劳动化腐朽为神奇，让我平凡的作品有了如此惊喜的销量！我真心感谢那些从未见面的读者，是他们慷慨解囊让我的生活摆脱了困境！

生活是第一位的。既然生活已经没有问题，我还犹豫什么？打点行装吧，继续踏上我幻想的旅程。

亲们，原谅我！我只是一个贪玩的孩子，在这条路上玩耍，天黑了，还不肯回家。

这篇发言直接打动了中少社的领导，他表态要设立 200 万创作基金，专门扶植还未出道的才气作家。

这都不是重点，重点出现了。和我同会的作家陈柳环一脸不解地小声问我："写作有那么难吗？"

她的问话，我确实无法回答。因为她在中少社出版的处女作《萝铃的魔力》，一经上市，销量猛增，突破百万册。这是何等厉害。

这不免让我想到了我们黑冷马群里的舞风铃，一抬脚就是风一样的身影，绝对是我心中的跑神。跟她谈跑步的艰难、撞墙的痛感，自己都觉得好笑。

既然无语了，就谈谈天气吧。我清楚地记得，那天散会的时候，北京下着大雨，说瓢泼毫不夸张。眼看着街道成了一片汪洋，我们蹚着水赶公共汽车，车大多都停运了，好不容易挤上一辆，破浪前进，在离北京西站还有两站路的地方抛锚了。我们只好又冒雨蹚水往前赶，终于在发车前一秒冲进了车厢。

站在车厢里，水顺着衣角往下滴，浑身没有一根毛是干爽的了。本来怕人笑话，环顾四周，才发现没什么人。都赶掉车了吧，整个车厢都空荡荡的，一个人可以睡整整一个包厢。

回到武汉，才知道，北京这场雨非常罕见，网上爆出了有司机被困在隧道里，打不开车门，被淹死了。一时间，司机们都在学习如何应急开车门的知识。

我不开车，也为老婆出了不少主意。她一个也没有采纳，换来一句话：你的头发都是操心过度才白的。

黑商有个冷八七

3

2011年，我们大学毕业20年，十一期间，我们班同学回到母校，黑龙江商学院（简称黑商，现在改名叫哈尔滨商业大学），搞了一次大聚会。

此时的我们都已经步入中年，头该白的白了，该秃的秃了，腰该粗的粗了，肚子该挺的挺了。这一切都不重要，重要的是，大家的事业都已经定型，人生走出狭窄险滩，到了平缓河道，面相已经不着急了。

常言说，月到十五光明少，人到中年万事休。

这话我本来是相信的，可等我们这帮中年大叔大姨聚到一起，就像火星撞地球，火光冲天，不是把我们毁灭，而是把我们撞回到20年前。在太阳岛校区，我们班和在校大学生搞了一场足球比赛，结果是，我们3比2赢了。什么万事休？万事再从头！

从头说起，便是20年前。那时，我们打马扬鞭，从四面八方来到冰城，相聚在黑商叫“制冷八七”的那个班级。青涩的我们睁大眼睛挤在一个教室里，相互偷看又相互谦让，像极了一群圈栏里的羊。我相信每个人都偷偷地清点着人数，全班共 35 枚，女性 12 枚，这在理工科学院，算是比例极高的了。而且，我们班的女生个个都有模有样，引来外班男生侧目，不时找我们班男生打听，都想叼走一个。

我们班男生都干什么去了？踢球。为啥？都怪老翟。

老翟是足球特招生，一进我们班，就把男生都带到了足球场上。那时，我们班男生几乎都不会踢球，就心甘情愿地由他调教，反正浑身有使不完的劲。

他也真把自己当成了总教头，有事没事就抱个球召唤大家到球场去。我印象中，大学 4 年，就是在足球场上度过的。我们踢球根本就不分什么上半场下半场，一般都是从吃完中午饭开踢，一直踢到太阳落山。

斜风细雨是不能影响我们踢球的，除非来一场暴雨，我们才肯抱着球跑到走廊里站着，等雨稍微小了，又一头冲进球场，在水凼子里奔跑，踢得一身浑水一脸泥浆。

到了冬天，零下 10 多摄氏度，我们也不间断，穿着单层长袖运动服在雪地里踢。那时反正都挺二的，只要有一个人喊踢，就不管前面是刀山还是火海了。

就这样一路踢来，第一学期，我们班就夺得了全院班级赛的亚军。从第二学期开始，我们班每一届都是冠军。

冠军功劳也有女生的一半。别的班级，女生几乎不关心男生踢球，唯独我们班女生热衷于当啦啦队。她们列成一排往场边一站，还正儿八经地拉出一个横幅，上书“制冷八七必胜”几个大字，鲜艳夺目。只要她们晃动横幅一阵尖叫，八九不离十是我们在发动进攻快进球了，对手早吓得腿发软，不知是该防男生还是该防女生。

我们班男女生这种拧成一股绳的劲儿并不是凭空而生，一直以来，女生都在支援男生饭票。那时，每人每月 27 斤粮票，男生不够吃，女生吃不完，就全部无偿援助了男生。

女生能有如此境界，也不是无中生有。每学期入冬，我们都要拿出约莫一个星期的时间帮学校搬运冬菜，把成车成车的大白菜、土豆之类运到地下仓库。在搬运期间，男生顺手就夹带了一些出来，被其他班级觉悟极高的学生发现，直接举报了。学校组织稽查队直接来抄男生的老巢，结果扑了个空，一无所获。尽管如此，校方还是坚定地认为我们偷了冬菜，视为最坏的班级，名声从一开始就扫了地。

我们班男生确实够坏的，偷来的冬菜不往自己寝室放，全部放到了女生寝室。女生非常配合，在床底下腾出大片空地，再多冬菜也藏得住。那架势很像敌后武工队，男人打仗，女人藏粮。

女生不仅藏了粮，还负责用电炉子煮熟，而且绝不独享，总是给男生留一份。所以，我们班男生有总往女生寝室跑的毛病，不是贪色，是贪食。

有了这一连串地下的谍战级友谊，我们班的男女生交往自然不同一般，常常会成群结队到秋林商场去逛悠，到松花江边去溜达，但从不结伴进电影院，因为那样就是越界了，属于谈情说爱的范畴。

不进电影院，餐馆是可以进的。每次足球得了冠军，全班都会一起涌入学校侧门对面的一家朝鲜族餐馆，举杯庆祝。

人人脸露欢喜之时，唯有我心怀惆怅。确实，全班 35 个同学，男女生都算上，我是最不能喝的那一个，沾酒就醉，碰杯就倒。但我惆的不是这个怅，而是整个赛季，我几乎上不了场，只能算是铁杆板凳队员。

烂打三年成教师。以此类推，我跟老翟屁股后面跑了这么久，怎么着也熏出一点味来了吧？实事求是地说，我的脚下还有一点活。千不该万不该，我就不该到东北来上大学，在这里，一米八算是中等个子，见谁我都得仰着脖颈，才能看到对面的下巴。此情此景，在足球场上相遇，根据动量守恒定律，不难想象，就是一个对撞原理，质量大的原地不动，质量小的飞了出去。

老翟担心我飞出去不能安全着陆，就把我死死地按在了冷板凳上。有一次，我们班大比分领先，他终于大发慈悲，一挥手，让我上场。这一刻，我已等待千年，一时间激动得血液倒流，晕头转向就冲上球场，可还没等我找到对方球门，终场的哨声就响了。

那一刻，我一点也不想踢球了，只想踢老翟的屁股。

不让我上球场，哼，我就上冰场。

一到冬季，我们的足球场就被浇灌成了溜冰场，再想踢球，就上白雪覆盖的篮球场。

我以前从来没有穿过冰刀，更没有上过冰场，这回跟着体育老师一踏上去，就完全被迷呆了。那个冬天，我把时间几乎都泡在了冰场上，早上5点不到，我就站在了速滑道上，那时，四周空无一人。唰——唰——唰——整个校园都在沉睡，我从一个接一个的梦境滑过。

吃过午饭，冰场上就人满为患了，新手们在坚持不懈地跌跤、撞车。从时间上算，我也是新手，而我已经身轻如燕，往来如风，在人群缝隙滑过，享受着飞一样的感觉，顺便再吓倒几个。

我没日没夜以冰为伴，直接后果就是，200米速滑考试，我夺得全班第一。

钟志伟闻讯而来，邀请我加入食品工程系4人接力速滑，去参加学院比赛。他报出了另外两个人的名字，我瞬间就明白了，清一色的巨人：钟兄自己身高1.95米，另外两个最矮的1.88米，再加上我这个约莫1.6米的，呵呵！

要说没有渴望，太假了。但是，我已经被拒绝了一个世纪，现在，机会终于来了，岂能轻易放过？

我仰起脖颈，望着他的下巴，告诉他：“我不去！”

开了一次国际玩笑

4

我的第一次马拉松经历要从 2012 年说起，在此之前，我都不知道马拉松是什么东西。同学们第一次邀我参加马拉松，我都蒙了。

马拉松？开什么国际玩笑？这就是我的第一反应。

记得是 2012 年的一个晚上，我们大学同学在 QQ 群里闹着要报北京马拉松。马拉松对我而言，实在陌生又遥远，还不如诺贝尔，亲切又实在。于是，我没掺和，默默地围观。

这事还是有征兆的。2011 年 10 月，我们班回母校搞了一个毕业 20 年聚会，其间，北京的李峰就提到过马拉松。他的外号就叫疯子，什么马拉松牛拉紧的，这种疯话我当然没有当真。没料到就在当年的 11 月份，他真的参加了北京马拉松。我们班好几个同学专程从全国各地赶到北京，站在终点，等待着他。他竟然没有辜负大家，在 6 小时之内跑完了全程，拿到了一块奖牌。

照片在群里发出来了，有一张是同学们穿着我们班的足球队服，一字排开，趴在栏杆上张望，一张张背影让我心中有一股莫名的感动。这都是一些过了中年的人，在各个领域都做出了自己的成绩，人生可谓志得意满，换句话说，可以洗洗睡了。然而，他们却抽风似的聚集到北京，站在大街上，踮着脚尖伸着脖子张望，栅栏里的东西和他们有半毛钱的关系吗？如果没有，那么，他们又在期盼什么？

我有点后悔了，我完全应该站在那些背影当中啊！闭口不谈马拉松，只说围观者，心中一定也是风起云涌吧！

围观者分两种，麻木者和好奇者，后者往往会被卷进中央。这是真理。

这不，QQ 群里有同学突然冲我喊话了："来吧，报个名吧。"

"多远呀？"

"全程 42.195 公里呀。"

我顿时吓得两腿发软，连连发出几个汗脸。

有同学劝我说："来玩玩嘛，就当是一次同学聚会。"

这话有说服力，可我还在犹豫："不会报名。"

"报名，领装备，一切你都不用操心。"

还有什么可推脱的理由呢？就这样，我被报了名。

比赛本来安排在 10 月份，因十八大在 11 月 8 日召开，所以推迟到 11 月 25 日。

临近比赛日期，武汉作协在蔡甸开长篇笔会。这个笔会已经举办了十多年，我是第一次参加，非常珍惜。可是，北京马拉松已经报名，我不得不中途离会。

那段时间，天已经很冷，笔会期间，我惦记着自己还没有正经练过跑步，于是，一天，起个大早，在林间跑了一阵子。感觉不好，还不到 3 公里，已经累得喘不过气来了。

我出了一身汗，冷风一吹，回到房间就感觉不对了。病来如山倒，当天我就开始发高烧，拉肚子。虽然吃了不下 3 种药，但没有好转，两天之后，我就必须出发，开往北京的火车还等着我呢。

拖着箱子往火车站赶的时候，我只觉得浑身发软，头重脚轻。走路都成问题，还怎么跑呀？想回头似乎也不好意思了，同学们已经帮我把装备领好，房间也订下了，正热情满满地等着我。此时此刻打个退堂鼓？咱们冷八七好像不产这样的货。不管怎么着，先到北京再说，上不了跑道，就当是同学聚会了嘛。

同学相逢精神爽，一爽治百病。在北京见到 10 多位同学，大家欢聚一堂，该吃吃，该喝喝，闹腾一晚，睡了一夜，比赛日起个大早，觉得精神抖擞了。

我以为是假象，原地蹦了几下，浑身有劲了。为了进一步验证身体恢复状况，我不等洗漱，抢先坐到了马桶上。好家伙，肚子已经完全正常，不再絮絮叨叨喋喋不休。真是天意！我长长地嘘了一口气。

一切准备就绪，来到楼下，北京同学已经租来一辆 17 座客车。这辆车不仅要把我们送到起跑点天安门广场，而且要在赛道外围全程跟随。赛道上的同学随时联系，都可以退赛上车，换一身干爽的衣服。也就是说，除了组委会的急救车、收容车，我们还有自己的后勤保障车。

上了车，大家欢腾得像是去春游，你一句我一句，谈着与马拉松相关的话题。我是一只纯粹的菜鸟，大多时候只有张着耳朵听。

这些同学中，只有李峰去年跑过一次全程，其余的都是初次参赛，满怀着兴奋凑热闹的。有几位北京同学没有报名，这次跟车为我们服务。还有一位同学李善旭从哈尔滨飞来，专职打酱油的（为我们抱衣服，做后勤保障工作）。

这是一群乌合之众，刚刚有过一次全马经历的李峰自然就成了我们的领袖。在他装模作样的指导下，大家多多少少都有那么一点点像模像样了。除了我。

其实一见面，我就明白我这只鸟太菜了，连乌合的资历都不够。瞧瞧，人家都穿的是什么？专业的跑鞋。我穿的是什么？也是专业的，不过是羽毛球鞋。

之前我已经打了近5年羽毛球了，若谈羽毛球的装备和技战术，再内行的我也能对话。至于跑步，基本没练过，无论是技术还是装备，都是两眼一抹黑。

黑就黑，谁怕谁，不都是运动吗？羽毛球不光技术含量高，体力要求也高，在球场上都没人把我拉垮，我就不信会被马拉松拉垮掉。

凭着打羽毛球的底子，我就进了赛场，但毕竟全程是42.195公里，一掂量，心里就不踏实了。为了给自己一点信心，我盯准了我们班一起参赛的女生朱德英（外号六六）。她是个性格极度温和之人，身材高挑瘦弱，浑身散发出软绵绵的气息，说话担心断线，走路担心断片。一句话，我只要跟她在一起，心里就发急。抓住她，就是抓住自信。

她自然也乐意我贴着她一起跑。且不说我们在学校有多么深厚的友谊，单说同学20年聚会前夕，她是完全失踪状态。因为她长年不和同学们联系，一时间就没有人能联系上她了。我也是逼急了，就直接上百度搜她的名字，没有结果。我没有放弃，一条一条地细看，发现了一篇制冷方面的论文，作者是朱德英。我再把论文细看一遍，寻着蛛丝马迹，找到了某院校的名称。然后，我给该校办公室打电话，几经周折，联系上那个叫朱德英的老师，一对暗号，正是黑商制冷八七的。所以，同学会上，我可以骄傲地说，朱德英，是我掘地三尺挖出来的。

3万人聚集在天安门广场，同时起跑，拥挤不堪，速度自然就不会快。我随着人群向前，感觉比自己练习的那一次舒服。这时，我才明白，练习时，把自己搞得太快了。

5公里处，迷你跑的人都下去了，跑道上的人少了许多。六六仍然不紧不慢，抽空还嘿嘿笑两下，说："我就这样，你前面跑吧！"

我是有点嫌她慢，但既然决定抓住她不放，就还是一起跑吧。到9公里处，北京同学陈玉向我们挥手道别，他要退出赛道，找我们的保障车去了。

“感觉怎么样？”我问六六。

“就这样跑，还行。”

应该是打羽毛球的底子厚，直到这时，我的心肺功能没有问题，而且觉得神清气爽。我心里暗喜，得意之情溢于言表：“我感觉，跑完全程没问题了。”

不知深浅，就不能夸口。话音刚落，我们已经到了10公里。这时，我的两个膝关节外侧开始疼痛。我以为是错觉，或许忍一下就过去了，哪知痛感越来越明显，渐渐有些瘸腿了。我咬牙坚持跑到12公里，实在受不了了，只好招手，上了收容车。

六六安慰了我几句，然后，继续向前跑去了。望着她的背影，我是多么惆怅啊！马拉松给我的第一个教训就是，再柔弱的女子，我也抓不住。

收容车上的志愿者拿着一支粗大的红笔等着我，在我背后的号码布上横着画了一道。那一刻，我有中枪的感觉，我的第一次马拉松就这样以失败告终。失败感肯定是令人沮丧的，但我更多的是觉得对不起同学们，他们一早就照顾我吃好喝好，叮嘱我沿途的注意事项。那么些同学专门做后勤服务，高旭还专门帮我在两个乳头上贴上了创可贴，说这很重要，长途奔跑，乳头会被磨得流血。才12公里，叫个狗屁的长途！

这一次我们班真正跑完全程的只有两位，一位是北京的李峰，拿到了唯一一块铜牌（铜质的牌子，凡在规定的时间内跑完全程者都有，不代表第 3 名）。赛后的庆功宴上，我们每个人都戴着那块牌子照了相，真心为有这样一位同学骄傲。

另一位是来自西安的高旭，他是到达了终点，刚刚超时，眼睁睁地看着门被关上了。我们戏称他是失败者中最成功的，我知道那是怎样的一种悲壮和凄惨，可他摆摆手说，无所谓，我知道下次该怎么跑了。

一顿欢庆之后，我得赶返武汉的火车，这时，意外发生了——我的双腿站起来就不能坐下，坐下了就不能站起来。北京的同学老蔡一整天都在帮我们做后勤工作，见此情形，就专程送我到火车站。我说不行，走不动，更不能拖箱子了。他就去买站台票，然后，一直把我送进卧铺车厢，扶我躺下，才离开。其间，他一手拖箱子，一手搀扶着我下台阶，引得众人侧目。

躺在卧铺上，摇摇晃晃，像筛豆子，思绪就越来越清晰地浮现出来。痛定思痛，反而心里释然，何必看重成绩呢，又不是在校考试，以分数论成败。心一放宽，我倒想起了一件真正让我开心的事，就是撒尿。

早上 7 点，3 万参赛者就进入了天安门广场，一直到 8 点才开跑。广场上虽然有移动厕所，太少，绝大多数人根本就入不了厕。发令枪一响，我们首先跑过天安门城楼，顺着长安街向西，来到新华门。这时，意想不到的事发生了，有人突然跑出赛道，越过警戒线，冲到红墙脚下，紧接着，越来越多的人跟了过去，好家伙，大家一字排开，光天化日之下，众目睽睽之中，撒尿，把尿撒在了红墙上。

新华门前两个站岗的武警望了一眼，又回过头去，站得笔直。他们大概也没有办法制止，活人总不能让尿憋死吧！我也是在憋了个半死的时候，冲到墙脚下才又活了过来。那一刻就是觉得痛快，剥落了规范、道德、教养、羞涩等之后，回归到生理本身，是完全放松的一种快乐。这种时候对我来说并不多见，算是我首次参加马拉松的意外收获。也是从那一刻开始，我明白了，我其实是渴望做一个没有规范的人。就冲这一点，这次北马我就算没有白来。

拉上一个垫背的

5

第二年，2013 年 3 月份是郑开马拉松，我们班同学又在 QQ 群里闹着报名了，我当然响应。这并不能说明我已经训练得胸有成竹了，事实上，从北马回来，短短几个月，又入冬又过年，根本没工夫去练跑步。我还是原来的我。之所以有这个胆儿，这么爽利，无非是好了伤疤忘了疼。

北马确实痛过了，但痛后面就是快，收获的一点点快意，独自闷在心里，似乎有些可惜。不找个人吹两句，牙齿都发痒。找谁呢？人物谱在脑子里顺序展开，搜索之后，锁定了周宏贵。

20 世纪 90 年代初，周宏贵、李府东、卢胜东和我，我们 4 人来往非常密切，在一起指点文字，相谈甚欢。我们不搞清谈，凑到一起正好一桌，先打麻将，再喝小酒。那时，我还是单身，他们比我年长，都有家室，我们大把的时间都是这样消耗的，玩得天昏地暗。

后来，我结了婚，活动就进行不下去了。直到这时，我才佩服他们是多么潇洒多么不易。一个结婚之人，要想在麻将桌上接着往下混，并非易事。对我而言，有两大难题，一是老婆卡得紧，二是我的手头紧。这两个难题，一个都解决不了，我们这个文学活动小组只有一拍而散。

人散心不能散。这几个兄长对我一直是有情有义的，此处先把另两人放一边，单说周宏贵吧。最初，我们是在武钢文学院认识的，因他的单位就在我单位的斜对面，所以，一有空，我就会溜出来，摸到他那里坐一下。那时，他在搞宣传工作，有一个单独的办公室，便于私聊。

通常，我们一开聊就收不住闸。收不住怎么办？下班直接跟他回家。那时，他的女儿才一丁点大，围着床爬上爬下，把她的绝技都展示给我看。他的夫人也不讨厌我，从她做出的几道菜就能看出来。就算我三天两头去蹭饭吃，她也是回回都尽最大的努力做出几道好菜，尽管他们家穷得徒有四壁。

有一次，我爹妈从老家来看我，周宏贵得知了，就专门请二老到他家吃饭，那一顿是相当丰盛。从此，我爹妈就知道儿子在武汉不孤单，因为有个亲戚一样的周大哥。

周兄和我空谈了许多年文学，后来，他觉得要做一点实事了，于是，下海闹腾一阵，把目标锁定在房产中介。我还是在原来的路上，一边为生活折腾，一边写着那些不值钱的文字。平时，我们各忙各的，但总有忙里偷闲闲得无聊的时候，我们就会约到一起坐坐，写作、读书、商场、文坛，我们仍是无话不谈的朋友。

就在准备奔赴郑州的前两天，我们又约到一起喝酒。杯起筷落之间，我说我要去郑州开封玩一趟，顺便跑个步，问他想不想一起去玩。本来是想神吹一通的，又怕说走了嘴，把他吓着了，就把嘴边的话咽了下去，换作轻描淡写，就像是酒喝高了，偶尔想起来似的。

没料到他一口答应，主动买好车票，整好行装。时刻一到，我们就出发了。

和他相比，我已经算专业的了。不看别的，只看鞋。他穿的是一双旅游鞋，我已经穿上李宁的跑鞋了，不贵，300 多，但毕竟是专业的呀。为了进一步表现我的专业，比赛当天大清早，我帮他在两边乳头上贴了创可贴，并郑重其事地叮嘱，这很重要云云。其实，我在心里祈祷，但愿他天生就会跑，能一直跑到终点，那样，创可贴才有用。要像我上次，只跑个十来公里就败下阵来，创可贴狗屁用都没有。

周兄没有报名，当然没有计时芯片，也没有号码布。芯片我只有一个，不能给他，号码布有两个，分给他一个。这样一来，我们俩就成了套牌车，一起混进比赛场。

从北京马拉松回来，这几个月我并没有好好训练，所以，心中仍是十五个吊桶打水——七上八下。好在这次拉了一个垫背的，有从没训练过的周兄一起跑，我心里踏实多了。

我的小算盘打早了点。周兄虽然没有训练，但底子好，跑起来明显比我带劲。10 公里处，我已经有点力不从心，他正跑得兴起。我只好让他先跑，我再试着跟一跟。唉，没想到拉来垫背的也把我甩了。

痛又在顺着脚掌往上爬，好在双膝外侧还能忍受，我已经非常清楚，那里是止损点。趁止损点还没发作，我埋头向前，不知不觉竟然过了 12 公里。那一刻，我真是猛地喜了一下，就像收到一笔稿费，展开一看，远远高于我的预计。

人逢喜事精神爽，一爽，又滑出去几公里。预料中的疼痛开始冲击双膝外侧，我的止损点啊。就在这时，我看见了周兄的背影，就咬牙切齿地追了上去，问他怎么样。他说受不了了。我说停吧。他抬头看了看，不远的前方就是一块路牌，说到牌子那里停吧。我没有异议，又咬牙切齿地跟着他一瘸一拐地踮到了牌子下，一看，是 16 公里。真了不起，我足足比上次多跑了 4 公里，而且腿疼得也没有上次厉害。

这次，我们没有上收容车。我们跑的是郑州通往开封的一条宽敞平坦的马路，旁边有一条小路，郑州同学丁老大开着车，沿路等着我们。我们直接上了他的车。没有志愿者在我的号码布上画红杠杠了，我就没有挫败感，误以为这不是终止，而是暂停。

丁老大开车为我们服务，他的大女儿跟我们上了跑道。刚上初中的女生，跑起来轻松自如，到了 16 公里，一点事都没有。是丁老大怕她跑狠了，强行让她上了车。

郑开结束，意料之中的是，跑完全程的仍然是李峰和高旭两个同学，而且都拿到了奖牌。意料之外的是，有一大批同学都跑完了半程。这也是很了不起的，好家伙，看来他们都在苦练，一上场都比我强呀！

这次也有一个专业打酱油的，是我们德阳的同学肖健，他坐了20多个小时的火车，到郑州，就是为了看看我们是怎么跑的。四川人总是浪漫得让人匪夷所思，他不跑，却很嗨，把气氛闹得很热。

也是这次，我学会了用微信。大家建了一个跑步群，商量之后，取名黑冷马群。

跑步时我们随便聊

6

回汉之后，我跟周兄一商量，一致认为咱们得好好训练了，要不，大家水平越来越高，都不乐意跟咱玩了。于是，我们制订了周密的训练计划，每周3次，带着水，带着跑表，到理工大校园操场，像模像样地跑步。

架势是拉足了，可是，每次跑到20多分钟，就受不了了，得停下来喝水，歇气儿。折腾几次之后，好像适应了，就朝半小时冲击。这是个关口，我们约莫用了3个月才突破。能一口气跑半小时了，下一步当然是冲一个小时，更难，真还得要勇气和毅力。

好在我们是两个人跑，可以做伴，也有相互督促的作用。更重要的是，我们在一起总有聊不完的话题，边跑边聊，不知不觉就完成训练了。渐渐地，我感觉跑步有的是乐趣，并不需要什么痛苦坚持。

理工大的操场上人多，为了便于聊天，我们就转移到校园的林荫道上，周兄专门开车打里程表测量过，一圈差不多就是 1 公里。我们每次跑 8 到 10 圈，停下来的一瞬间，感觉血液顺着后背往上一冲，那感觉比醉酒还美妙。

更美妙的是，我们在跑道上有意无意聊的那些话。

有时，我们会聊到各自的家庭、工作以及生活的方方面面，那些堵点总能在聊天中慢慢疏通，心情就会变得舒畅，就像浑身的血液在跑动中流动起来，畅通无阻。

我们聊得更多的当然是读书。有一次，他给我推荐《金瓶梅》，说这本书一定要好好看看。《金瓶梅》是一直听说但没有读过的一本书，最近，我在网上看到格非特别钟爱这书，正想买来看看，一时不知该买哪个版本。

周兄说，别急，我到网上找个好的版本。

我以为他要挑一个版本，再推荐我去买。没想到，他是在网上下载了一个文档，打印出来，装订成 5 大本，作为生日礼物送给了我。

如此特别的礼物自然要珍惜，珍惜的最好方法就是细读。但是，读书像捉虫的我，要读完这几大本，绝非易事。那段时间，我几乎是放下了手头的大小事务，潜心投入到《金瓶梅》中去。

一旦进入，妙不可言，并非仅仅被色情吸引，更重要的是被文字打动，被情节折服。我是《红楼梦》迷，对曹雪芹一直顶礼膜拜着。等看完《金瓶梅》，我发现，这是我更爱的一本书。如果说《红楼梦》是一匹光滑的绸缎，那么,《金瓶梅》就是粗放的棉布，气味浓郁，质感十足。

除了文学，我们还会聊历史，聊老子、庄子……聊着聊着，我就弄明白了，原来，我们就是传说中的知音吧。

就在我们聊得正欢的时候，我接到《少年文艺》的通知，到周庄领奖。我想，这应该是我跑步中的一个机缘。正好赶上了什么文化艺术节，周庄以浓妆艳抹的姿态大张旗鼓严阵以待，接纳着每一个自投罗网的游客。我觉得来得不是时候，这就好比我去拜访一位朋友，朋友正好登台表演，就算我能看到他的千种风情万种姿色，可就是不能看到一个平日里的他了。

40 岁以后的我，真的不爱看热闹了，从落脚的那一刻起，我就开始担心这一趟会很无趣。好在我是有备而来，出门之时就带齐了跑步的装备：一双专业的跑鞋，特意新买的短衣短裤。

入住之后，第二天，天刚蒙蒙亮，我就悄声起床，穿上跑步的行头，出了旅馆，沿着马路向外跑。令我惊喜的是，没跑多远，就是一望无际的田野了，油菜花刚刚开过，绿色的底色上还有残存的黄色，也是一种人过中年的感觉。

田野中的马路修得很好，一直伸向远方，清晨，几乎没有行人和车辆，好像这一切只是为我一人准备的，奢侈啊！我岂能辜负？振作精神，来一次长途奔袭，没有对手，只有自己。

马路向前延伸，我在跑，不停地跑。太阳从远处的田野里爬上来，像是这世界唯一的观众，我在跑，不停地跑。渐渐地，有了行人，还有忽来忽去的车辆，我在跑，不停地跑……汗水越来越多，脑子越来越空，好像什么也没有了，就连自己正在跑步这事儿也记不起来了，跑步已经成了一种惯性运动，好像不管我脑子愿不愿意，腿都会一直跑下去。

一直跑下去。这种感觉棒极了，简直令我兴奋，因为我似乎从来没有意识到自己有这种无与伦比的力量。空白与兴奋交织着，我已经跑过了 40 多分钟，浑身竟然还有的是劲，好像跑步本身就可以产生能量补给全身。

空白的脑子又活跃起来，仿佛每一个脑细胞都被唤醒，这时思考问题丝毫不比深夜躺在床上差。嗯，独自跑步真的是冥想的绝佳方式，这是我的又一惊喜发现。

跑，不停地跑。跑步多像我们的人生，平淡、枯燥、乏味，必须跑过很远很远的路程之后，你才能从中慢慢嚼出汁，才会体会到那平淡中的滋味。这时，你才忽然明白，平淡才是支撑你走完一生的动力。当一个人真正爱上平淡的时候，他的人生才会渐入佳境。

我足足跑了一个多小时，回到旅馆，大家还没有完全醒来。没有人知道我跑过步，更没有人知道，我在周庄已经收获了人生中第一次独自跑步带来的愉悦，从这一刻起，我可以说，我已经爱上了跑步。

我给周兄发了短信，说我在跑步，但我没有告诉他，周庄的这一次跑，对我是多么重要。

黑冷马群

7

初次看到这个名字的人都有些莫名其妙，甚至认为是在耍酷。其实，这是一个老实巴交的名字：我们是在黑龙江上的大学，学的是制冷专业，所以，就为我们班的马拉松群取名“黑冷马群”。

我们的口号也极简单，经大家讨论通过，定为“一起跑”。

参赛的时候，大家一起跑；分散之后，大家在全国各地各自训练，把跑步记录发到群里，都看到了，也算是一起跑。

说到跑步记录，一开始我们都用的咕咚运动，那时，我们马群的群主，俗称“团长”，是李峰。后来，李峰主动让贤，把团长之位移交给了高旭。高旭上位之后，我们就都改用悦跑圈，并在悦跑圈上建立了黑冷马群跑团。

跑步对我，只是玩玩而已。这下倒好，悦跑圈上每天的跑量、总跑量、排名等，一目了然，只要一打开，就像看到高考成绩放榜似的，能不紧张吗？

紧张一点也好，没有压力就没有动力嘛。在武汉，我和周兄一起跑，也是有点孤单，有了这张无形的网，感觉全国黑马都在一起跑了。

2013 年 6 月 30 日，几个哥们小聚，我和周兄都在场，重点是，这里还有一个从南湖远道赶来的徐明。

和徐明相识，要推算到 10 年前。那时，我的人生处于低谷，赖以为生的工作辞掉了，写作也是棉花打锣——没响动。为了维持生计，我不得不办起了作文培训班。

徐明早些年就做数学培训，已经很有规模了。在好友雷超的牵线下，我依托他的数学班，办起了作文班。就这样，我们在一起奋斗了多年，他一直对我照顾有加，陪我度过了最低谷的时光。

直到 2007 年，我又回原来的编辑部工作，才把作文班关掉。其时，我办班的年收入大概是我工作收入的 10 倍。朋友都说可惜了，但我知道，自己志不在此，一路走来，跌跌撞撞，始终没有放弃写作的梦想。我也许是个脑袋坏掉的人，尽管我一直缺钱，但我一直没有把挣钱当作人生的要务。钱嘛，够花就行了。

还是在办作文班的时候，我和徐明经常会坐在草地上聊天，聊着各自对生活的理解，对未来的打算，相谈甚欢。所以，我不办班了，友谊并没有断，有空的时候，我们还是会在一起小聚，举着酒杯闲扯淡。

既然是闲扯，这次我和周兄自然就扯到了马拉松。徐明一听，眼睛放亮光，脸上泛红光，好像喝高了。我心里知道，以他的酒量，才喝到一半。而且我还知道，徐兄是麻坛老将，每个周末不杀个天昏地暗，就算白过。

我真的没想到，第二天，也就是7月1日，徐兄就开始练习跑步了。这让我想起了一句话：影响可以影响的人。

让我更没想到的是，徐兄并不是自己埋头跑，而是在南湖带出了一支队伍，徐超、郭海鹏等一群生龙活虎的小伙子涌了进来。周兄这边也带进了高大帅气的冷国刚（网名冷不丁）。放眼望去，清一色的大老爷们。那时，要拉个把女跑者入伙，确实难。

好在，跑着跑着，身边的跑友越来越多。一带二，二带四，黑冷马群迅速壮大起来。而其中一股重要力量就是来自武汉。黑冷马群武汉跑团应运而生，我们一致推举徐明任团长。

武汉跑团的马友们平时分散在各自区域训练，周末常常会聚在一起拉练。因为大家都是生手，水平有限，跑不了多远。在一个大夏天，大家集中到理工大跑步，说是要拉一个半马。有一个林荫道，围绕着跑，一圈大概是1公里，半马就是21圈。跑到10多圈，徐团长首先喊热，主动要求离场，去给大家买一个西瓜来解暑。等他提着切好的西瓜过来，大家都还没有跑足半马，就纷纷止步，抱着西瓜喊腿疼。

一双好的跑鞋对一个跑者非常重要。那时，我常常念叨这句话，被我的外甥听进去了。他是个网购达人，我只要是在网上买东西，全找他。那天，我正在跑步，他打电话给我，说网上有一款美津浓跑鞋做活动，原价900多，现价600多，问我要不要。我只犹豫了一秒钟，就决定要了。

货到之后，鞋一上脚，我就惊呆了——同样是跑鞋，差距咋就这么大呢？这双跑鞋那个舒适、那个轻便、那个弹性，真是没法形容。我只后悔没有早点买美津浓，从此，跑步我只穿美津浓。

我在聚会的时候，把跑鞋的心得和跑友们分享。没想到他们野心更大，都直奔跑鞋第一品牌亚瑟士，每人搞了一双1000多的。该武装的都到位了，再跑不好就找不到借口，大家都默默地训练着。

之后，我们又一起报过北京马拉松和重庆马拉松，可惜两次都是我临时有事，没能去参赛。武汉的马友们都有了不同程度的收获，拿回了真真实实的奖牌，要么全马，要么半马，只有我还两手空空。

儿子总是拍着我的肩膀，说："老爸，我看你还真是个打酱油的呢。"

我一点都不尴尬，因为我对跑步已经有了新的理解。我的水平肯定在提高，我和周兄每周3次，每次10公里，边聊天就边跑完了。停止的那一刻，血往上涌，脑门发麻，感觉爽透了。我常常说，就算不参加马拉松，只是这样每次跑10公里，也非常好。我愿意一直这样跑下去。

跑步还有一层乐趣，也许是我和周兄算志同道合的聊友。我们在跑步的过程中，会天南海北地聊，现实的烦恼，人生的方向，老子、陶渊明、巴别尔、《金瓶梅》……人生在世，知音难觅。我想，周兄就是我的知音，无论是跑步，还是读书。

合马全线爆发

8

在日复一日的坚持中，跑量在不断增加。跑量就是实力的保证，这在合肥马拉松赛场上得到了充分的验证。

之前，在2014年3月22日重庆马拉松赛道上，徐明已经完成了他人生中的第一个全马，据他自己说，那天正是他儿子18岁生日，也是高考的冲刺阶段了。他是咬碎了牙齿，拼了性命，要给儿子一个生日礼物，就是完赛奖牌。结果，他果然做到了，顺便跑掉了一个大脚指甲壳，两条腿本来就是外八字，之后两个星期都不敢合拢，疼。

在那一年，我们这支队伍里面，能完成全马的当然是个奇迹，最次也是个偶像吧。遗憾的是，那次重马我报了名却因事没有去参赛，无缘亲眼见证武汉跑团第一个全马诞生。

周兄去了，相比之下，留下了一地的遗憾。回汉之后，他不止一次说起，重马他本来也许可以完赛的，但是，收容车就在他旁边缓慢行驶，几乎和他等速，而且，车上的志愿者还在不停地喊：“不行就上车吧，别跑了！”每每讲到此处，他就一脸不平地对我们说：“这简直就是勾引，直接瓦解战斗力，在这种情况下，谁还能坚持跑下去？”于是，我们一起安慰他，说就怪收容车，就怪志愿者。

该怪的都怪完了，最后还是得怪自己吧。这个理儿我们都懂，所以，我们没有间断过训练，都在不断地积累，等待着下一个时机。

下一站，就是合肥，时间是 2014 年 11 月份。

可能是同学们都很忙吧，几乎都没有吭声，只有武汉的跑友们踊跃报名。所以，合肥马拉松就只是武汉跑团参赛。

我的同学朱德英（六六）就在合肥，得知消息，马上统计参赛人数，帮着订宾馆房间，作为东道主全程接待了我们。她是参赛者，服务的事就交给了她老公。整个过程服务非常周到，令人感动。

这次参赛，我还有额外的收获，就是见到了李志伟。李志伟是我 1997 年在鲁迅文学院的同学，家住无锡，自由作家。2007 年，我第二次到鲁迅文学院学习，他到北京办事，专门到学校看我。我们很聊得来，关系非常亲密。

他平时也跑步，听说我报了合肥马拉松，就马上报名过来陪我跑。他是和夫人一起来的，还专门请我们汉马欢宴一场。宴席上，大家频频举杯，欢声笑语，好像不是来跑马拉松，而是来搞什么娱乐活动。

酒当然不敢多喝，其实每个人内心都隐藏着紧张。这次我报的是半程马拉松，因为从来没有拿过奖牌，心中更是忐忑。志伟已经拿过几个半程的牌了，赛前安慰我，说："别担心，你没问题，只要把速度压下来。"

我本来和他约好一起跑，可是一入场，人就冲散了。我就按自己的节奏跑，一路上空气好，景色好，心情好，跑起来比平时轻松了许多。志伟打来电话，问我到哪里了。我说 5 公里。他说，非常好，他还在我后面呢。我心里更踏实了，虽然他没有和我肩并肩一起跑，但我知道他和我在一条赛道上，他心里记挂着我。这是多么温暖的感觉呀！

正应了老马的话，赛场上往往会比平时跑得好。但是，半马对我来说，毕竟是个挑战，接近终点的时候，我已经感到浑身不适，大腿疼，小腿紧，膝关节僵硬。就在这时，我忽然看见前面有个熟悉的身影，哇，那不是徐明吗？那一刻，无异于打了一针兴奋剂，我扯开喉咙喊他，脚步也开始加速追赶。

他回过头来，喊声加油，然后，埋头奔跑。他显然也到了崩溃的边缘，只有坚守一个念头，才能继续跑下去。

我就望着他的背影，咬紧牙关，一直跑到了终点。他是 2 小时零 1 分，我是 2 小时零 3 分。我们都创造了最好成绩，于是相互祝贺。

这时，志伟也过了终点，一身黑色紧身运动装，分外健美。我们拥抱、合影，有完赛的喜悦，更多的是祝福。多么奇妙，我和他往往是在全国各地的笔会上见面，谈文学聊家事，而现在，我们却在马拉松的终点会师。我想说，这与文学无关，因为马拉松是我生活的另一扇窗，窗口竟然有他。但是，这真的与文学无关吗？

这次武汉的跑友，只有我和徐明报了半马，其余都是全马。我们收兵了，他们还在奔跑。所以，我们并不轻松，还在焦急地等待着他们的消息。时间一分一秒过去，好消息一个接一个地传来：冷国刚到了终点，4 小时 27 分……徐超到了终点，4 小时 58 分……周宏贵到了终点，5 小时零 27 秒……

我们所有的参赛者全线通过终点，而且成绩卓著，远远超过了前面的探路者。微信黑冷马群里顿时爆炸了，全国各地的群友们都激动万分，群里更新信息像滚动屏幕，目不暇接，鲜花、掌声、祝福，铺天盖地。

更令人震惊的是，六六，4 小时 35 分，名列合肥市女子选手第 12 名，得到了一笔奖金呢。奖金啊，这是我们做梦都不去想的。这里要着重提一下我这位女同学，一年后的合马，她出战半马，1 小时 50 分，合肥市女子选手第 5 名。她让我想到了一本书名，《天生就会跑》。总之，合肥一战，全线告捷，士气大振，黑冷马群从此步入了一个全新的时代。

第一次流泪

9

对于一个新马来说，全马是他的梦想，也是他心中的痛。我当然就是那个新马，虽然已经拿了一块半马奖牌，但跟队友们相比，我仍然觉得自己只是个打酱油的。

再和周兄一起训练的时候，我总有一点仰视他的感觉。他有了一次全马的经历，底气也足了，总是信心十足地鼓励我，说没问题，坚持练，下次一定行。

人就怕有目标，有了目标就玩命。武汉的冬天也是冷得相当厉害的，裹着羽绒服出门，都会冻得手脚疼。但我们的训练没有间断，在理工大的校园里，青春年少的学生们缩在大衣里，来去匆匆，眨眼就钻进了楼里，像一只只急于躲藏的蟑螂。我们两个中年大叔却穿着单衣单裤，在他们身边一圈又一圈地跑，跑量不变，每次 10 公里，汗水不减，每次都湿透后背。

训练完毕，我们站在树下换衣服，脱掉上衣，光出上身，顿时热气腾腾，像刚出笼的馒头。那是最爽的时候，不远处有许多双眼睛在躲躲闪闪，又总要快速向这边一瞥。我们成了校园里的一道风景，仅供欣赏，也许会有个别的人因此而重新审视自己的生活——这是奢望吗？

每次出去参赛，就像一次考试，是对平时训练的检验。跑步是最公平的，平时的跑量决定了你在赛场上的状态，绝无侥幸。而接下来又是一次郑开马拉松，将检验我训练的成果。时间，2015 年 3 月 29 日。

几年下来，队友们陆陆续续都拿到了全马奖牌，只有我还是空白。大家都希望我这次有零的突破。我接受美意，并当面拱手，拜李峰和高旭为师。这两个师傅也不含糊，争着抢着对我进行赛前指导。李峰为我提供了盐丸、能量胶等必需品。高旭讲解全马要注意的事项：起跑不要快，半道要拉伸，防止抽筋，注意补水，又不能过量……就像足球场边，一名替补队员马上就要上场，教练和助理都在面授机宜。我都一一记在心里。

为了进一步激励我，高旭还专门给我介绍了一位他新收的徒弟，也就是我的师妹，西安的“十全九美”，我们称她九妹。此刻，九妹就在师傅身边，也是第一次来参赛，起步就报了个全马。

据师傅说，九妹是个标准的 80 后宅女，曾经的学霸一枚，之前是抱着书本守着电脑过日子的，前不久才被拖出闺房。她虽然跑步时间不长，但学霸都有个性，训练十分刻苦，常常围着西安市跑，动不动就是个半马，来之前还拉练过一个全马。

我一听，冷汗直流。拉练都跑全马，参赛岂不是好玩而已？也就是说，九妹虽是第一次参赛，但那个42.195公里对她都不是事了，奖牌嘛，在她走向起跑线之时，就已经是她囊中之物了。

师傅见我脸色发白，为了进一步给我信心，就偷偷告诉我，说师妹还是个平脚板呢。

听了这话，我一点也不释然。想想都流汗：一个平脚板一抬脚就拿下了全马，我还在那里吭哧吭哧，如果再一次跑崩了，还怎么在这条道上混呀？

看来，没人救得了我了，已经是第几次了，我站在郑开起跑点，依然紧张得手心冒汗。全马真的不是一件容易的事，无论我平时做了怎样充分的训练，当真正面对的时候，心里还是没有底气。

再没底气，比赛也要照常开始。随着一声枪响，人群涌动，一起向前，出发了。我做了几次深呼吸，让自己放松，强逼自己排除杂念，放慢脚步，尽量靠边上跑，不被滚滚人流卷进去。道路很平坦，时间很滑溜，一眨眼，半小时过去了，再一眨眼，一小时过去了……我在心里祈祷，膝关节外侧不要出现痛感，除此，一切我都能够忍受。

经过半程出口的时候，我心中泛起异样的波澜，就像船过从未经过的险滩，暗捏着一把汗，慢慢地，被欣喜取代。

欣喜之后，突然感到双腿明显变沉，庆幸的是，没有明显疼痛。那么，跑吧，不要停。我已经超越了自己，下面每一步，都是全新的。

全新的体验在30多公里终于来临，那时，腿脚仿佛已经不属于自己，只是屁股下面的一辆单车，在机械地运动，不停向前。我很想停下来，但我对自己说不能，只要双膝外侧不发出红色警报，就要奔跑，咬牙向前。渐渐地，好像身体也不存在了，只剩下了头脑，其实头脑也可以忽略，让意念随风飘远。

前不久看过村上春树的《当我谈跑步时我谈些什么》，他在长途奔跑中把自己当作机器，疼痛自然消失。而我现在觉得自己连机器都不是，完全可以幻化为无。

但我不是无，而是不断消耗能量的身体，腿脚越来越沉，只能小步跑，慢慢挪，拖着向前；脖子不对劲，腰不对劲，胳膊不对劲，浑身都不对劲……痛苦已经不是一阵阵袭来，而是像海水一样将我淹没，但我决不会放弃，因为路牌已经越来越接近42公里，我想跑到那里去看一看。

此时，能让我坚持下去的，不是村上谈的那点东西，而是一名队员。她约莫30岁上下，短衣短裤短发，就在我前面一点点，有节奏地跑着。我的目光被她死死地吸引住了，不是因为她的美貌，虽然她是美的。我看到了她的右臂，已经从肩部断去，几乎完全藏匿在短短的衣袖里，只有左手在前后摆动，身体就自然有些向左倾斜。

就在目光接触到她的一瞬间，我无法完全形容内心的震撼，只能粗浅地说，觉得屁股像被狠狠敲了一闷棍，一阵酥麻透过脊背，直冲脑门。我在心里狠狠地骂着自己：你那点痛苦算个狗屁呀，看看人家，你还有脸说自己不容易吗？

我确实羞愧难当，为了摆脱心里的阴影，就咬牙加快了步伐，渐渐超过了她。有那么一阵子，我因为自责，而找回了动力，好像不觉得苦了。

是药，都有过劲的时候。跑过 40 公里，心里的自责渐渐消散，痛苦重新爬满全身。双腿死沉死沉，每一次脚着地面，痛感就会传遍全身，每前进一步都是煎熬。好久好久，我觉得脚都迈不动了，可 41 公里还不来。我焦急地问路边的志愿者，41 公里在哪里？她指着前面，说上了坡就是。于是，我拼了命往坡上跑，其实已经不是跑，而是挪。但最起码我还保持了跑的姿势，还可以慢慢超过一些选手，我真心为自己喝彩。

41 公里果然就躲在坡上面，在经过它的时候，我恶狠狠地骂了一句，我很想一路骂下去，可是不能，终点越来越近，观众越来越多，我是个文明人，是个文化人，是个作家，怎么能乱骂呢？要克制。

终点终于出现在眼前，观众山呼海啸地喊着加油。我哪还有油呢？恨不得就地歪倒。我又在心里骂了一句，就到了凯旋门下，抬头望，计时器显示的是 4 小时 45 分。一瞬间，眼泪夺眶而出，哗啦啦往下淌，止都止不住。

为什么？自从进了马圈，吃过那么多苦，受过那么多伤，我啥时候挤出过一滴泪？训练中，时而会脚疼，坚持跑，跑通了；时而会腿疼，还是跑，跑通为止；时而会浑身疼，疼得睡不着，屁都没放一个……现在为什么要哭？也许是这一路的经历太像我人生的艰难困苦，每一步都能让我想起自己的来处，而那些跋涉泥泞穿越风雨的日子，虽然已经远去，但从来就没有真正忘记，它们都潜伏在我的记忆深处，被这一步一步的颠簸慢慢筛选到表面。那么多的往事一起涌现，交织着跑步的阵痛，其实都在有意无意之间，断断续续之间，若隐若现，若有若无，有时甚至自己都意识不到。

不知道最好，那就尽兴吧。那一次，好像我积攒了几十年的眼泪都流了出来，把我洗了个痛快。洗过之后，我觉得心底一片透明。

冲过终点，一个大学生志愿者上前搀扶着我，给我披上浴巾，带我到休息区。休息区已经没有空座了，我一步都走不动了，正四处张望，旁边一位大姐主动腾出半边椅子，让我坐下。

站着是僵硬的，坐下更痛苦。我咬着牙惨叫了一声，屁股才落到椅子上，就重重地撞到了大姐。我下意识地望了一眼她的右臂，完好，正举着饮料往嘴里送。我不好意思地冲她咧嘴，算是笑了，算是道歉。

阵痛过去，我主动搭腔，问大姐成绩。她没有回答，反问我的。我报了。她轻松一笑，说："我比你快。"

我试探着问她多大年纪。

她又是轻松一笑，说60多了。

我一听，不敢再问了。再问下去，就彻底暴露我的马脚了。

这次郑开马拉松的关门时间是5个半小时。徐明几乎是压着点跑过终点。从此，我们都笑称他是关门兔。周宏贵是在关门之后过的终点，虽没有拿到奖牌，但我们都为他点赞。因为他在 30 多公里的时候，腿抽筋了。他没有放弃，拉伸了一会儿，才坚持下来。

相比之下，我还算顺利的。回望我的第一个全马，我总结了两条：一定要耐得住最初的慢，一定要顶得住最后的快。人生正该如此。

一起跑

10

跑步，我快把武汉三镇都搅动了，可就是没带动老婆孩子。儿子正上高中，学习紧得连呼吸都要抽空儿，不加入也正常。老婆是旗帜鲜明地反对跑步。

我不止一次劝她跟我一起跑，直劝到她大光其火。她的理由非常充分：其一，她天生就讨厌跑步，枯燥无味，她宁愿打羽毛球，或者做家务；其二，她的腿打羽毛球受过伤，经常复发，我拉她跑步，就是居心不良。

我连忙举手投降，转身出门，到外面去找跑友们一起跑。跑友越来越多，黑冷马群已经装不下了，于是，武汉的跑友单独分离出来，建了一个“黑冷马群汉马跑团”，成员迅速增加到 40 多人。

我记得不知是哪位大师说过，把自己的想法强加于人，是最糟糕的事。随着年龄的增长，这句话也成了我的座右铭，我一直充满警惕，防止用自己的想法去左右他人，特别是老婆孩子。但唯有跑步这个事过不去，我总想着拉老婆入伙。

几次碰壁之后，我自然就学乖了，这事也急不得，一次过不去，就来两次、三次……许多事都必须亲自尝试，体会其中的点滴，才能真正被接受。

我们家最先打羽毛球的是老婆。那段时间，她下班一到家，气都不喘一口，就风风火火地解决了晚餐，碗筷一丢，背着球包转身出门。望着她的背影，我气都冲到嗓子眼了，又不敢发作，只得憋回去，趁她走远了，才放声地问：打球有那么重要吗？

不久之后，我也卷进了球场，身在其中，才搞清楚是怎么回事。然后，我和她下班回家，手忙脚乱地安顿好儿子，双双奔赴球场，一打就是两三个小时，回家已经是夜晚 10 点以后。我不知道儿子有没有在我们走远之后，放声地问些什么，但我知道我和老婆志趣相投，节拍相合，一切 OK。

孟母教子有绝招，就是搬家，一连搬了 3 次。我也是在搬了新家之后，形势才发生根本的变化。看来，这一招果然灵验。我买了新房，离以前的小区有 10 多公里，搬迁之后，老婆再想找以前小区的那些球友打羽毛球，就非常困难了。吃完晚饭，她闲在家里无聊，我趁机做思想工作，让她跟我到江边跑步。这回，她没有说不，而是问该怎么跑。我一听有门儿，就大手一挥，说好办，先买一双跑鞋。

然后，我们一起凑到电脑前面，选购了一双亚瑟士的跑鞋。物流也给力，第二天就送货上门了。

一双专业的跑鞋绝对是跑步入门最好的老师。她穿上跑鞋就惊讶不已，连连赞叹，从来没有穿过这样舒服的鞋。

那还等什么？跑吧！我把她带到江边，沿着绿道跑，距离远近、速度快慢全随她。她热了，我帮她拿外套，她手机太重，给我……我就像一台拖拉机，跟在她身边，耐心缓慢，绝不能超过她一毫米。

一趟跑下来，她大呼，跑步原来这么舒服。我说，是呀，跑步就是这么舒服。

从此，她跟上了我的节奏，每次都是我们俩一起到江边去跑步。冬季的长江，水小风大，沿岸的垂柳经不住江风的吹捧，叶都黄了，落了，只剩下枝条，遮不住阳，也挡不住风。江边散步的人为了挡风，就穿上了羽绒服，拉上帽子，一个个裹得严严实实的。

我们沿着江边的跑道跑着，去时江水在左，江风从左边来，冷飕飕，单层衣裤挡不住，左半边生冷。跑出 4 公里，就是一个船码头截住去路，我们在此折返，已经是大汗淋漓。这时，江风从右边来，不再是冷，倒像是一只体贴的手抚摸着，凉爽舒适。

那些裹在羽绒服里的人们，用仅仅露出的两只眼睛盯着我们，不停地啧啧："不冷吗……不累吗……"

老婆亮着嗓门答，不冷，不累。每每这时，她就特别兴奋，脚下迈得轻盈了，双臂也摆得快了，好像就等着别人提问，然后作答，得意之情溢于言表。得意就得意吧，总得找到一点动力。

日复一日，她已经真正爱上了跑步，现在，如果谁约她散步，她会觉得不好玩，还是跑步舒服。更让她意想不到的是，打羽毛球落下的老伤竟然在跑步中消失了。

第一个堡垒攻克了，剩下的就是儿子了。这回相对容易，因为老婆是我的战友了。儿子正上高二，是理科实验班化学竞赛组的主力成员，化学竞赛已经进入冲刺阶段。

儿子每天中午到我办公室来吃饭，学习的压力在他的脸上写得清清楚楚，像个被挤瘪的气球，我都不敢轻易触碰。我和老婆一商量，马上就是杨凌马拉松，想拉他一起去参加，一是给他解解压，二是让他感受一下马拉松。在征得他的同意之后，又让他去跟老师请假，老师竟然也没有反对。

万事俱备，我们一家三口终于可以同时站在跑道上一起跑了。

师妹眼泪哗哗

11

2015 年 3 月 29 日刚跑完了郑开全马，时隔半个多月，4 月 16 日，就是杨凌马拉松。

杨凌在西安旁边，高旭和师妹作为东道主，隆重地接待了我们。这次，西安团队又多出一个马仁义，网名不系舟，是师妹的发小，瘦高帅气，第一次参赛，直接报名全马。

说是参加马拉松，倒更像是过节。到一个地方，二话不说，直奔美食。在东道主的指引下，我们下了车，先吃裤带面摸摸行情解解馋，晚上再找到一家地道的餐馆，品尝陕西各种菜肴。

这伙人吃也没个吃相，每人手里拿着一个肉夹馍，在路边站成一排，统一动作往嘴里送，引得路人侧目。我和师妹用手巾把头一捂，凑到一块，活脱脱两个卖鸡蛋的。老大不小的，一个个倒玩成了七八岁的孩童。

要说老，还真有老的。领参赛包的时候，问一个白发老头儿贵庚，老头儿伸出 3 根手指捏出个 7，我暗暗吐了吐舌头。高旭偷偷递我一句：你不一定跑得过他。

师傅这话我信。在热身的时候，我们遇到一个 8 字头的老头儿，人家一眼就看出我们是一群菜鸟，然后，很热心地告诉我们跑马的一些秘诀：迈步、摆臂、控制配速……

老马都说同样一句话：开始一定不要着急，要慢。我们记住了。

比赛出发的时间够早，太阳出来得更早，还在我们热身的时候，就直扑脸面，热辣辣的。不用问，今天就是一场恶战，因为气温是跑步的天敌。我最喜欢的温度是 10 多度，超过 20 度，就能明显感到耗能。而天气预报说，今天最高气温是 26 度，那时应该是正午，太阳直射，跑道上到底是多少度，谁说得清楚？

这次说好是一家三口一起跑的，但做不到。老婆训练时间短，还不敢挑战半马，只参加了迷你马拉松。她在 5 公里处就下去了，所以，我只能独自在后面跑。

儿子没有经过训练，直接站到了赛场上。我想陪他一起跑，可一出发，我们就被冲散了。跑出 10 多公里，人渐渐散开了，我才给儿子打电话。他说跟徐明在一起。我就放心了。

儿子从小学二年级就跟着徐老师学奥数，打下了坚实的理科基础。今天，他们师生一起跑，岂不是一种更好的安排？

我的目的是想让他来感受一下就好，估计他能跑十几公里就不错了。没料到他一直跑过了半马，跑到了 31 公里，才打电话给我，说他受不了了。我说，你已经很了不起了，快上收容车吧。

儿子超额完成了任务，收获也远远大于我的预期。事实证明杨凌之行已经在他心里打下了烙印，他在报北京大学自主招生的自荐信中，还专门写到了这次马拉松对他的意义不同一般。这次马拉松不仅磨炼了他的意志，而且在之后紧张的高中生活中，他竟然抽出时间开始跑步了，绕着学校操场，3 公里、5 公里——不管距离长短，跑步已经成了他的一种习惯，这正是我最欣慰的。

杨凌马拉松，不光是儿子跑得苦，事实上，因为气温高、太阳毒、大上坡，沿路又无树荫，每一个人都吃尽了苦头。

我在 33 公里处突然感到膝关节外侧一阵刺痛。坏了，这就是崩溃的标志，我已经不止一次止步于这个痛点，今天难道又要在这里放弃吗？

离终点还有 9 公里，就算爬也要爬过去！放弃？说笑话吧？于是，我先在路边做了个拉伸，试探着跑几步，不行，疼得钻心。好吧，不跑了，走。

这时，徐明从后面追了上来，看面相，虽然已经累得够呛，但至少还能跑。我多么羡慕他呀，在一个只能靠走向前的人眼里，哪怕是最慢的跑者，也是天神。

徐明遇见我，也很兴奋，想和我一起跑，没料到，我一步也跑不得了。他要陪我走，我马上摆手。他不愿意放弃我，那份情意我是明白的。但我更明白，自己不能跑，是水平问题，如果再拉一个垫背的，就是道德问题了，绝不能。

在推拉之间，我忽然觉得我们就像战场上的两个战友，我受了重伤，他非要拖着我一起走，而这时，敌人已经追了上来……你跑吧！我用力推了他一把。他这才放弃坚持，独自向前跑去。

他的背影渐渐远去，消失了。虽然旁边不停地有跑者追上来，超过去，但我突然感觉世界荒芜了，天地之间，空无一物，只丢下了我，孤零零、空落落。鼻头一酸，我以为我哭了，伸手一摸，却没有半滴泪。也许是汗出多了，身体里的液体不够分配了吧。

正当我悲叹得像个旷世诗人时，我突然看到前方有个熟悉的身影，呀，那不是冷国刚吗？两条大长腿此刻也是一瘸一拐地往前挪。他是我的偶像呀，怎么也受了伤？

看到偶像就看到了希望，我拿定主意，就远远地跟着偶像走，还怕走不到终点？

有一阵子，我还想加快脚步追上他，可偶像就是偶像，就算是走，也比我快得多。我只能眼睁睁地看着他的两条大长腿在前方摆动，然后，渐行渐远。

偶像消失之后，我又独自前行，咬牙走，埋头走，各种走，总算是看到了终点的门楼。再走近一点，我看清了门楼被分成了两个门洞，一个标示是男，一个是女。

杨凌人真够幽默的，运动员们拼死拼活来到终点，必须男女分开通过，有的钻错了洞，还发出尖叫："哎呀，我搞错了！"感觉就像排队上厕所。

我没有搞错，上的是男厕所。不过，一过洞口，我就感觉不对劲，脚底软乎乎的，以为踩到了屎，低头一看，竟然粘了一团沥青。想想吧，太阳有多毒，路面温度得有多高，连沥青都晒化了。

脚下的“黑屎团”还没处理干净，师妹迎面过来了，举着一块奖牌，笑得像朵花儿。一报时间，我们几乎是同时到达终点的，都在临近关门之际。

“奇怪了，我怎么没看到你呢？”师妹问。

我进了男厕所，你哪里能看到呢？我这样想，但没有这样说。

师傅过来了，我们师徒仨又一次完成全马，相互祝贺。然后，师傅请我们上车，一起回住处聚餐。

上车之后，师妹接到两个电话。

第一个是发小不系舟打来的，他说通过终点时刚刚超过了 1 分钟，没拿到奖牌。师妹听后，哈哈大笑，比她得了奖牌还高兴。有些发小就是这样，相杀相生，不踩对方一脚，就找不到兴奋点，不来个雪上加霜，就不能证明有多么知根知底、情深意厚。

第二个电话是她家人打来的。也不知道说了什么，她忽然放声大哭，稀里哗啦，小车里开了空调也没用，被她的哭声全覆盖。

在号哭的间隙，她没忘了抽空向我说：“别笑话，让我哭下。”

我还是不懂，望着师傅。

知师妹者，师傅也。他很沉稳地说：“还能怎样？委屈呗。”就像老中医拿准了脉，给出的结论一定正确。

想想也是，从小就是娇惯女，家人护着朋友宠着，啥时候受过这种罪呀！今天这一路跑下来，累得像个死狗先不说，单说路面滚烫头顶暴晒，上下夹击，整个就跟烤地瓜似的，瞧瞧满脸渗出的白盐，浑身除了汗味，还有一股煳味呢。该哭。

再想想也不对呀，前不久的郑开，她不是已经拿下了全程吗？上次不哭，为什么偏偏这次哭？

我越想越糊涂。

还是师傅明白，拿自己说事，讲笑话，把师妹从痛哭中带出来。他说，今天本来穿了一双新买的跑鞋，可是，一路上总是觉得脚不对劲，跑一段就坐下来脱下袜子揉脚。

师妹一听，果然不哭了，憋着抽抽，问师傅的脚怎么样。师傅说，大脚指甲都充血了，过两天肯定会脱落。

我听得浑身发麻，表示不解，跑个步，怎么会把脚指甲跑坏了呢？

听起来都是血泪，讲出来都是笑话。

笑话也不止师傅这一个。老六这次也闹了大笑话。老六属于北京帮，在京城训练也算刻苦，雾霾重度到伸手不见五指的时候，他还戴着口罩跑呢。他跑步有个特点，配速快，距离短，一般只冲个5公里就收兵。

这次徐超本来是想跟着老六一起跑的，可是，发令枪一响，老六撒丫子就跑没影了。到了20多公里，有一段长距离的折返跑道，徐超隔着护栏看见了老六，那时，老六已经足足领先了4公里。徐超以为老六这次肯定会跑出一个惊人的成绩，谁曾料快到终点的时候，远远竟看到了老六的身影，东倒西歪，已经彻底没有油料了。

徐超顿时兴奋了，一加油门，超过了老六。

我们都笑着问老六是怎么回事。老六毫不讳言，说自己天生只适合跑半马，过了半马腿就沉，到了二十五六公里，就开始思考人生，追问为什么、图个啥，尽是些哲学问题。

思考人生？我们都心领神会，放声大笑。

思考人生的又岂止老六一人，冷国刚爆出猛料，说他在18公里处就已经跑崩了，剩下的路程全是走过来的，有足够长的时间思考人生了。

一场马拉松下来，我和儿子都成了“残疾人”，只有老婆生龙活虎。下楼梯的时候，她左手搀着我，右手扶着儿子，别提多得意了。让她乐吧，没点乐趣，谁还来遭这个罪呢？

接下来是欢聚一堂。师傅高旭组织得像模像样，不仅每个人都发表了感言，还颁发了奖项，很正规的奖杯呢。

为了不耽误儿子的学习，我们一家三口当天就赶回了武汉。回到家已经是半夜，洗澡的时候，儿子嘘嘘地喊疼，灯下一看，脖子已经晒煳了一圈，像戴着褐色的围脖。我还没笑出声，也感觉脖颈生疼，对着镜子一看，也有围脖。于是，我和儿子又成了老婆的笑柄。

为什么爱跑步

12

在杨凌疯玩之后，当天返回武汉，已经是夜里。有人开车来接我们，徐明说来者是他外甥，姓高名凯。小伙子话不多，初次见面，只有以笑相迎。

我对高凯并不陌生，之前，徐明就提起过，说他也在跑步，而且在没有补给的情况下，自己野跑过全马。这次既然已经相见，何不拉进黑冷马群？

没有人反对，于是，我们群里又有了一位新成员。到这时，我还没太在意，以为只是像往常一样，多了一个人而已。

真正被吓着，是一次江边拉练。在杨凌马拉松之后不久，我们汉马跑团聚集到长江边上，搞了一次集中拉练，核心成员基本都到了，高凯也第一次参与进来。

已经是 4 月，天气晴朗，偏热，好在江边绿道多数路段都有树荫，再加上断断续续的江风，还算占据了地利。

跑道全长 4 公里，我们 10 多人一起开跑，刚一抬脚，就自然分成了几个方阵。第一方阵是冷国刚、徐超、郭海鹏，高凯也跟他们一起跑了。徐明、周宏贵和我是第二方阵，跟在后面跑。一开始，我们还能看到前面的身影，等跑过长江二桥，就只能看到前面的树影了。

再一次见到第一方阵，是他们掉头回来，但里面没有高凯了。

“高凯人呢？”

“他从另一条路返，早跑没影了……”

我暗吃一惊，这得多快的腿脚呀？

等我们累成哈巴狗，呼哧呼哧跑到终点，高凯正一脸轻松地站在那里，谈笑风生。

我忍不住上前问他：“你跑完了吗？”

“跑完了。”

“累吗？”

“不累。”

我不禁想起了前不久刚看过的一本书《天生就会跑》，是志伟推荐的。我一拿到手里，就迷上了。记得那阵子我参加作协的一个培训班，请来了几个大家讲课，堂堂课都很精彩。但不知为什么，我心里还是老惦记着这本书，随身携带，时不时就拿出来，全神贯注地翻看。

讲台上，大师正发表精彩演讲，赢得阵阵掌声。我却在下面一头扎进了跑步的世界，头一次知道，人类是所有动物里最适合长途奔跑的，我们所有的生理构造都是为跑步量身定做的。这难免让我想到了造物主，在制造人类的时候，真是别有用心——就是想让他们在奔跑中度过一生。

然而，现实是，人总会自作聪明，违背上帝的意思。在中国突飞猛进的这些年，人的心是越来越快了，他们借助的是汽车、高铁、飞机……甚至还觉得远远不够，正在不断研发，争取更高更快更强。最后，他们忘记了自己的双脚，因为双脚跟任何一样交通工具比起来，都实在是太慢太慢，慢到了可笑的程度。

我却一点也笑不出来，好像脑子里的哪根弦儿坏掉了。面对扑面而来的高速发展，我一边身在其中享受其利，一边又保持警惕心存畏惧。没错，我就是吃着奶还骂着娘的那只白眼狼。

城市发展了，武汉崛起了，该高兴了吧？当然，该享受的我都知道怎么去享受，可是，我心里越来越不自在，感觉自己是被圈养在城市里的一只家禽（我属鸡），唯一的区别大概在于那个关养的笼子还是我自己出钱买的。每每想到这里，我就觉得自己禽兽不如。

所以，我心里一直纠结，我不能甘心只关在这座城市里，做一只圈养的鸡。就算我是一只鸡，也立志要做一只野鸡，最起码是一只放养的鸡。

因为我有一颗野鸡的心，所以，在有些事情上，态度就有些反常。老婆在2009年就拿到了驾照，在她毕业的第二天，我就拉着她去买了车。之后，她就开始了劝我学车的漫漫历程，其间用尽了苦口婆心软硬兼施之能事，我始终不为所动，决不学车。

我始终坚持不考驾照，让许多人不解。大家不断问起原因，我只是说自己不喜欢。老婆在劝我多次未果之后，只好叹气说，成了我的专职司机。其实，我就是在别劲儿，我为什么要考驾照？我向往的生活不是那样的，我希望自己出门就是散步，走在田埂上。

说我怪也好，说我傻也罢，我认为一个人总得有所坚守，哪怕在别人眼里是可笑的、微不足道的，但那可能就是我生活中唯一的光。

毕竟这个世界太多样了，我决不把自己的观点强加于人，但我也决不因为这个世界的强大而退让半步。因为我的坚持不会伤害任何一个人，所以，我无畏。

说到激动处，突然发现，我的想法和这本书里的许多方面不谋而合。踏破铁鞋无觅处，得来全不费工夫。这种突遇知音的感觉让我浑身震颤。台上文采飞扬，台下掌声雷动，而我正沉浸在另一个世界里，被书中的跑者牵引、打动、热泪盈眶。

直到这一刻，我似乎才真正明白，我为什么会爱上跑步。当然，在经过了不算太久的历练之后，我不想说跑步是在对抗这个世界。我更想说的是，跑步是一种修炼，让我知道了自己和这个世界有所不同，但又能学会和平相处。

内心平和了，就会生出喜悦。当我们出去比赛时，我是喜悦的；当我看到跑友们在跑道上挥汗如雨时，我是喜悦的；当有身影风一样从身边跑过时，我是喜悦的……

我格外珍惜和跑友们的每一次相聚，我们气息相投，相互鼓励，谈笑之间似乎多了一股向上的推动力，让本来枯燥无味苍白下沉的日子有了一丝喜悦；我也珍惜每一次独自奔跑，可以更专注地享受、思考，往常的纷繁复杂在越来越远的跑道上似乎变得简单明了了，让本来纠结叹息无力的日子有了一丝喜悦。

渐渐地，我明白了，不必羡慕，只用喜悦。在马拉松的赛道上，我永远都只是在和自己赛跑，其他人的快慢和我没有关系，因为我知道每一次马拉松比的其实并不只是速度，甚至根本与速度无关。我要做的只是从起点跑到终点，然后投入，一切随心、随性。

投入地做一件事，往往会忘记当初为什么要做。最近，我又突然想起问自己，为什么要写作。也许，我只是想甩脱这个世界，然后，转过身来，和它面对面，开一个玩笑。没错，我的写作就是一个玩笑，不是对你，而是对你心底的整个世界。

这个答案从心底漂浮起来时，我正在跑道上不停地奔跑，就像搅动了深水潭，沉在水下多年的物件露出了水面。这个物件不是我创造的，它一直存在，只是被淹埋，没有足够的耐心和毅力，还真就不能到达这样的时刻。而我，等到了。于是，我心中的纠结尽皆释然，生出喜悦。

因为喜悦，爱上跑步。这可以算作我跑步的理由之一吧。

配速跑量大比拼

13

鲶鱼效应，说的是把一条鲶鱼丢进沙丁鱼群，就会把沙丁鱼搅得不得安宁。

我感觉高凯就像一条鲶鱼，自从他一头扎进我们马群之后，大家都看他表演了。他个子并不算高，话也少，还未成婚的男孩，常常露出羞涩。可是，只要上了跑道，他双腿一甩，眨眼就只有背影了，再眨眼连背影都没了。

这还得了，大家都是跑马的人，岂容他单枪匹马，独自寂寞？于是，拉练的时候，每个人的脚步都快了起来。步频我们要追求，有时还要来个变速跑，还有人提出了配合器械训练，加强腹肌腰肌背阔肌，反正越来越专业化了，搞得我这个从小就与运动会无缘的人，摇身一变，似乎成了正儿八经的运动员了。

停下脚步的时候，大家就在一起讨论跑步的正确姿势，头要稳定，平视前方 20 米左右，呼吸要有节奏，身体前倾，不要两边晃动……

可是，摆臂有些分歧，有的说大臂小臂成直角，前后摆动；有的说要小于90度；有的说不是前后摆动，是贴着身体摆……

关于脚的什么部位先着地，也有不同的观点，有前脚掌论，有全脚掌论……

这时，高凯说话了，先不必讨论，就按照各自最舒服的姿势跑，跑多了，跑熟了，再来自然校正。

一言出口，马群沉寂了。看来，高凯不仅是靠天赋，他对跑步有更高妙的见解，大家都深以为然。

高凯这句话的潜台词就是，马拉松，跑量是保证。关于这一点，我也是深有体会的。我虽然在郑开完成了第一个全马，可是，在之后紧接着的杨凌，就跑崩了。究其原因，不能怪时间相隔太近，因为有些老马跑背靠背，也安然无恙呢。说到底，还是跑量不够。

跑步这事儿，是来不得半点虚假的，平时练得勤，上了赛道，就会相对少受罪。若想投机取巧，等待你的就是跑崩。

我虽然懂这个理儿，可是，跑量难以保证，主要是我有一帮羽毛球球友，跑步之前就跟他们在一起打球，每周两场。跑步之后，我多次想退出羽坛，硬是被他们七嘴八舌，说得我眼热心软腿无力，想退也退不出来。谁都知道打羽毛球容易受伤，受了伤就会影响跑步，但我从内心也舍不得这帮球友，也深爱着羽毛球，所以，我只有选择两全之策，打球跑步两不误。

说是两全，其实是两边都不全。每一次上了球场，都不遗余力，每一场球打下来，都腰酸背痛，指不定还有拉伤扭伤，跑步自然就稀疏了。而每次跑完一场马拉松，也是浑身僵硬，行动不灵。第二天就要来到羽毛球场，常常是跛着腿脚上场，看着球抢不到，球来了躲不开，纯粹一副被动挨打相。

在悦跑圈，我们黑冷马群跑团有一个排名，我的跑量总是在平均量之下。我的师傅兼团长高旭几次想把我踢出去，说我拖后腿。我就明确地告诉他，我是他徒弟，高徒是名师带出来的，一个被踢的徒弟，师傅是什么样，可想而知。这属于家丑，最好不要外扬。对付师傅，我有的是办法。放心吧，我死皮赖脸，也要留下来。

我办法再多，也顶不上我老婆。她就一个办法，拖着我出去跑步。曾几何时，她对跑步是那样深恶痛绝。自从我苦口婆心小心翼翼任劳任怨地把她带上跑道，我的好日子就终结了。

我做梦也没料到，老婆一旦爱上跑步，就着了魔，每天晚上吃完饭，就要拉着我出门，跑步。以前是长江边，后来，沙湖跑道修好了，离家更近，就改这边了。我哪经得住这样，就用正确理论说服她，要隔天跑才好。她根本不听，不仅不隔天，而且小风小雨都不间断。

有个朋友打电话来喊她走路，我暗自庆幸，有救了。谁知她一口回绝了，理由极其简单粗暴：走路没意思，跑步才好玩。

好吧，陪她跑吧。出门之前，我在心里给自己喊加油至少3遍，因为陪跑并不是一件轻松的事，老婆在群里已经有了新的外号，叫

“抬脚十”，就是一跑至少10公里。其实，10公里只是基本量，她常常要求再跑一点，再跑一点，眼看就要半马了，我连忙长吁一声，叫这马儿停下来。

她常常说我是一匹懒马，以赛代练型的，我一笑了之。其实，这与懒惰没有关系，根本就是我的人生态度。人生之事，若不入戏，则尝不到真滋味；若入戏太深，则会忘却外界，甚至忘却自己。好比说，大家都在赚钱，我也得赚钱，但若把赚钱当作人生之重，则太傻；我还得找一件喜爱的事，于是，我来写作了，但若把写作当作多大个事，要荣誉，要奖项，则太傻；为了让自己不变傻，我又开始跑步，一跑就过去了这些年，若还追求着配速、跑量，以此为标准，则太傻。

我也不是一个聪明人，我就是不想白活这一生，所以，一直要小心，一直在警惕。

当然，这些不用强加给老婆，她要跑，就跑吧。以她的跑法，虽然她是后加入者，但跑量一直在向前追赶。她自己也很兴奋，说我快追上谁谁谁了，我已经超过谁谁谁了。她说的谁谁谁基本都是跟我差不多年头的马儿。看来，不追求跑量者并非我一人。

无论她怎样追赶，她的跑量也只能算一般般，因为我们这个里最不缺的就是埋头跑步的马儿。打开悦跑圈，排行榜上每天都在你追我赶，但真正的跑量王非徐超莫属。

徐超刚开始跑步，水平应该跟我差不多，他第一个全马也在5小时左右。从杨凌马拉松结束之后，他跑得非常勤奋，跑量一跃成为黑冷马群跑团第一之后，就再无人能望其项背。在他的跑量已经越过 1 万公里的时候，我的才刚刚够着 3000 公里。而他的全马成绩也在一次次提升，最后定格在 3 小时出一点点头。与此同时，我的全马成绩依然在 5 小时左右摇摆。

这也正印证了马拉松的基本原理，天道酬勤。

眼看着与自己并驾齐驱的马儿一匹匹绝尘而去，我内心也曾有过追赶的抱负。记得有一天上午，刚刚打完一场羽毛球，下午就集结跑步，拉个半马。我说我想破二。徐超说好办，他和海鹏一起带着我跑。

本来一场球打下来，就腰酸背痛，我还要追求从来没有过的新高，是不是对自己太狠了点儿？不过，我转念一想，一场球加一个半马约等于一个全马，就当是跑了个全马。主意一定，就抬脚跟着两位快马跑起来。

为了带我，他们俩当然是压慢了速度。一开始，跑得还算顺利，球场上打下的酸痛一跑开，就浑然不觉了。随着时间推移，我有些跟不上他们的节奏了，腿脚发沉，呼吸急促。约莫离终点还有 3 公里的时候，我实在坚持不住了，就说：“你们先跑吧！”

徐超和海鹏哪里肯放，一边一个夹着我跑，边跑边对我发动心理攻势。这边说，快了，终点马上就到。那边说，再坚持一下，就破二了。

我是一个耳根软心肠硬的人，这样的话比刀架在脖子上还管用，岂有放弃之理？于是，我咧着嘴，吐着舌头，像只快热死的狗，呼哧呼哧，总算是到了终点，时间是 1 小时 58 分。

这是我第一次破二，也是最后一次，因为我再也不想了。每每回想起力不从心的最后 3 公里，我就在心里狠狠地骂：个破——二！

我骂二，不能代表二都是个破东西。能力不一样，成绩就不一样。破二对于徐超，已经是喝凉水了，他的身体素质好，再加上跑量做保证，一抬脚，想让他不破二，也难。

不过，有一件事我不得不提一下。徐超在即将突破 1 万公里前夕，感到脖子不适，上医院检查，做了个手术。我不知道这个病变跟跑步有没有直接关系，不过，我还是提醒了他，说跑步不可过量。

现在，他也不再追求配速了，拉练的时候，他总是轻松地为大家领跑，他说，要享受跑步。

要么死，要么飞翔

14

2015 年 11 月 15 日，山东临沂有一场马拉松。师妹在黑冷马群里喊了一嗓子，有人纷纷响应，于是，建了一个“临沂马拉松群”，把报名的都装了进来。我也没逃脱。

这次随我们一起出征的还有一位新马，赵秋良。他和我同年，小月份，我喊他老赵。老赵最初是周宏贵拉进汉马跑团的，进来之后，就看见他每天早上在东湖边刷个 10 公里，看那配速，决不在徐超之下。再一打听，原来，他在大学期间就是长跑队的。难怪，这是专业队员呢。

汉马团队到了临沂，领完装备，入住宾馆。直到这时，我才搞清楚，师妹的亲姐姐在临沂，亲姐姐和一位朋友帮我们安排了一切食宿，精心周到，食宿离起跑点步行只用 10 分钟。

大部队是在宾馆会合的，同来的还有我的两个师傅，李峰和高旭。

李峰是我们这支队伍里最老的马，他平时跑得很勤，几乎每个周末都在各地参加比赛，半马全马都不是他的马儿了。他搞过 100 公里越野，也挑战过 168 公里，属于战神级别的。不过，他从来不追求速度，全马成绩跟我是一个级别的。当然，我心里清楚，我跟他不是一个级别的，每次跟他相遇，都能从他身上学到一些东西。要不，怎么叫师傅呢？

相比之下，高师傅就不太靠谱了。每次赛前见到他，他就在喊疼，不是膝盖就是小腿，不是小腿就是脚板，喊得我只担心他能不能参赛。可是，每次他又顺利完赛，完赛之后，接着喊疼。

这次相会在临沂，甚欢，我小心翼翼不去触碰伤病这个话题，谁知没熬过 3 分钟，高师傅又大声宣告，他受伤了，这次不在腿上也不在脚下，而是身体的中间部位，腰。

我一脸惊讶，一脖僵硬，问这是真的吗？

他不跟我多说，转过身，一把扯起衣服，露出腰，上面赫然贴着一大块狗皮膏药。他拍了拍狗皮膏药，放下衣角，脸一扬，看不出半点痛苦，倒是一脸骄傲。

唉，我这师傅一向思维都有些走偏。大学期间，他是我们班足球队的前锋，一个头球攻进对方球门，我们都在欢呼，他却一脸茫然，一副要找人算账的样子，想责问是谁把球踢到了他头上。

我和师妹有“卖鸡蛋”的情分，心有默契，于是，我把目光投过去。师妹很负责任地告诉我，说这次咱们师傅是真的受伤了，前段日子一直受腰伤困扰，差点就来不了临沂呢。

一听这话，我信了，马上严肃地劝说师傅，这次就不要跑了，陪我们玩一趟也是不错的嘛。师傅就是师傅，不直接回答，而是高深莫测地笑了一下，明天再说吧。

第二天一早，阴天，气温十几度，这是非常适合跑马的。以老赵为首的快马们摩拳擦掌，都准备在临沂创造各自的PB[①]。我和师妹却跟着师傅，还在为师傅能不能跑纠结着呢。

"疼不疼？"

"还疼着呢。"

"那就别跑了吧！"

"先试试再说。"

…………

在毫无结果的讨论中，我们进入了起跑区。我和师妹已经达成共识：我们今天的任务就是保护师傅。于是，我们铆足了劲，就像战士上了前线，接到一项特殊的任务，宁可一枪不放，也要保证完成。

嘣的一声枪响，人群涌动，起跑了。我们跟着人流向前，没跑多远，师傅就加速，快速穿梭，眼看就要消失了。师妹对我说："我脚力不行，你快跟上，保护师傅！"

责任重大，我甩下师妹，向师傅追去。紧紧地跟在师傅身后，我左看右看，也看不出这是一个受伤的人，倒是把我拖得够呛，搞

---

① Personal Best 的缩写，表示个人最好成绩。——编者注

不好我就会受伤。

受伤也得跟上，谁叫我的责任是保护师傅呢？

可师傅今天这腿脚也太快了，超出以往，超出预料。是不是受了伤，能量就会倍增？也难说哦，他的思维一向就爱跑偏，从我认识他的那一天起。

在临沂，为了追上师傅，我的潜能百分之一百二地被激发出来了，可总是差他一步之遥。

就在我感觉快要崩溃的时候，我忽然看到了李峰的身影。在15公里处，我追上了他。他惊讶地看了我一眼，说："你这是找死的节奏呀！"

我指了指高旭的背影，说："他跑那么快……"

"他跑他的，你跑你的。"

"他的腰……"

"没事，等他跑完，保准腰就好了。"

听李峰这么一说，我就放下心来，也放慢了脚步。跟在他身边，我觉得舒服多了。于是，我决定改变主意，说："我不跟他了，就跟着你跑。"

"好呀，咱们跑个恒定的配速，6分钟。"他抬腕看了看表，一脸自信。

我开始还有些怀疑，等慢慢跑下去，就开始佩服了。我们的配速果然一直保持在6分钟。

这个配速我很适应，一路上，我们就聊着闲碎的话题。李峰在校时一直是个大大咧咧咋咋呼呼的人，毕业之后到北京艰苦创业，干着我们制冷本行。2007 年，我到鲁迅文学院学习的时候，他已经把自己的公司关掉了，到大学学习，着手人生的转向。他到鲁院找我，我们在一起聊天，发现他变了，思想有深度也有广度。现在，他作为资深的制冷专家，给人打工，轻松又胜任，可谓快意人生。

人生快意，跑道却未必。30 公里过后，我感觉浑身别扭，就像一架机器快要散架了。我知道这就是传说中的撞墙。

就在这时，李峰抬腕看了看表，说："我们有希望破四呢，加速吧！"

"饶了我吧，我撞墙了，走一走吧。"我提出请求。

谁知李峰竟然一口回绝了，这师傅真够心狠的。他说："你可以放慢一点，但千万别停。这个时候一旦停下来，就难以启动了。"

坚持？怎么坚持？师傅想了个主意，我们一起喊口号：一、二，一二一……

口号一喊，果然振奋了一下，但是，药效不长，只持续了不到 1 公里，身体就不想受骗了，继续进入疼痛难忍的模式。

我虽不再呼天抢地，但一直慢下来的脚步表明了我的态度。我在无声地抗拒着师傅。

师傅当然不是瞎子，他说："马拉松真正考验的就是这样一个时刻，挺住了，熬过去，就算过关了。"

这话虽然普通，却击中了我的脑神经。在我听来，师傅说的绝不仅仅是马拉松，人生何尝不是如此？如果把写作看成另一场马拉松，我是感同身受，面对生活的压力身上的责任，我最想放弃的时候是在36岁那年。人生的第三个本命年，在文学的路上已经跑得很远很远了，也是到了撞墙的时候吧。如果那时放弃，我现在应该就是一个老板吧。回头一望，我庆幸自己挺住了，熬过来了，才有了今天，我仍然跑在我喜欢的路上，靠写作养家糊口。

往事如画，一幕幕涌上心头，我的眼泪开始往外爬。我当然不能让师傅看到，以他的大嘴巴，不知会把我传成什么样子。于是，我一咬牙，说："好，挺住，要么死，要么飞翔！"

要么死，要么飞翔！就是这样一句疯话支撑着我，一直往下跑，一直。脚不属于我了，腿不属于我了，屁股也不属于我了，浑身都不是我的了，我好像膨胀了，化作氢气球，真的飞翔起来。

为了转移注意力，师傅有更高的招，让我猜高旭是在我们前面，还是在后面。这一招还挺管用，就在猜测之间，我们不知不觉又跑出了几公里。

这时，我们来到一段长距离的折返跑道，谜底揭晓。高旭就在对面跑道上，领先我们1公里。中间只隔着一道栏杆，我们大喊一声。高旭像受到了惊吓的小鹿，马上加快了脚步，生怕被猎豹追上来了。

我哪还有力气追他，能坚持跑到终点，就是万幸了。

终点就在眼前，我却脚步沉重，只能一步一步地拖，每拖一步都是那么艰难。拖了自己，不能拖累师傅呀。我让师傅先跑。

师傅伸出手，抓住了我的手。一瞬间，我浑身血液倒流，泪水奔涌。就这样，我们俩手牵着手，跑过了终点。

4 小时 28 分零 8 秒，我创造了 PB。

高旭比我们快了 8 分钟，也是 PB。

事实上，在临沂，几乎每一个人都创造了 PB。所以，我们把这一次马拉松叫作 PB 跑。

我真心感谢我的师傅李峰，是他一路的带领和鼓励，才让我坚持到底。这次之后，我对马拉松有了新的理解，不是追求 PB，而是挺住。我将永远记住那句话：要么死，要么飞翔！

庆功宴上，高旭果然行动灵活，没有丝毫疼痛之色。我问他，腰还疼吗？他答，疼。理直且气壮。

我无语，准备避开他的锋芒。他却揪住我，说："今天得亏我带你跑前半程吧，要不，你也跑不出这样的好成绩来。"

初听这话，我完全蒙了。不过，一细想，也是不无道理哦。跟着思维跑偏的师傅，稍不注意，脑袋就不够用了。等转了一个圈子回来，我不得不承认，我这个 PB，是我两个师傅联手带出来的。

只是，对师妹，我有点不好交差。因为，我没有保护好师傅。

跑者都是伤

15

关于伤痛，一直是围绕马拉松的一个话题。当然，其他运动也一样，比如羽毛球，更是如此。

身边有些朋友说，在咨询了医生之后，还是决定走路，因为跑步伤膝盖，走路不会。

说这种话的朋友，当然是还没有进入跑步界的，他们在担心，在选择，在找理由。

其实不必，一个人运不运动，从事什么运动，都是完全自由的，没有人拿着枪顶着你的后脑勺。

最开始爱上跑步的时候，我热情有余，常常向朋友宣讲，把自己当作了马拉松的传教士。那副嘴脸一定是有些讨厌，可谁让我天生是心血来潮型的呢？情绪上来挡都挡不住。

跑了几年之后，心血退潮了，回归平静了，就没有拉人入伙的冲动了。一切随缘吧，你若想跑爱跑，我们就聊；若聊得通聊得投机，就多聊；当然，也不是每一个跑者都聊得来，自然就有死机的时候，死就死吧，你跑你的，我跑我的，也挺好。

这样的感受极像我多年来读书与写作的体会。以前，总认为要读书，读得越多越好，恨不得读尽天下书——其实未必；总认为读书要认真要仔细要深入，生怕吃不透书中的深意——其实何必；总喜欢给人推荐书，说这书如何好，那书如何棒，好像错过了日子就白过了——其实不然……

生活是多样的，年轻的时候，总想一心只搞创作，仿佛只有那样才不辜负一生。现在明白了，写作只是生活的一部分，跑步也是。

我有些搞不清楚，是因为我从事写作，才对跑步想得更多，还是因为跑步反过来让我思考写作。但有一点我能够感觉到，从跑步之后，我人生的态度渐渐明晰了，就像一段早已经筑起的堤坝，被一下一下地夯实，没有改变，只是更加坚定。谁又能说，我在跑道上奔跑的每一步不是在夯实我的人生呢？

我时常庆幸我能够跟马拉松结缘。我也曾疯狂地迷恋过足球、乒乓球、羽毛球、滑冰……但马拉松跟这些运动都不一样，给我的直接感觉是，打开了我人生的一扇窗。透过这扇窗，我似乎能看到我奔跑的样子，我是个参与者，同时，我又是个旁观者。

我是参与者，让脚掌真实地撞击着地面，每一次震荡都会通过腿脚传遍全身。不必计步，也不必宣告，跑了多少，脚知道，身体知道。我是旁观者，不甘心只埋头奔跑，而是让身体里积攒的震荡波蔓延开来，搅动心底沉淀的信息，于是，我轻易看到了被我忽略的点点滴滴。

通过这些信息，就更容易看清自己了，看清了自己，就更加释然了。曾几何时，我是那样雄心勃勃，俨然一个野心家，狂想着用作品征服世界。有那么一段时间，还真的不知天高地厚，总以为自己的作品多么好，只是这世界缺少了一双慧眼。

是跑步让我变得冷静了，沉静下来，我重新审视自己，有了完全不同的看法。现在，我不认为自己写得有多好，更不会认定哪个作品必读。我的每个作品都是你路边的一棵树，如果你累了，如果你要阴凉，也许还有我猜不到的种种原因，总之，你停下了脚步，面前正好是我种下的那棵树。这就是我们全部的缘分。

说不炫耀，又卖弄了一通。打住，还是回到伤痛的话题吧。

伤痛和跑步本来就是相伴相生的，不用讳言。每一场全马跑下来，能有几人不是张开双腿横着走道？我们笑称，马儿变成螃蟹了。

就算是平常的训练，10 公里跑，也难免会受伤：有时是脚，有时是腿，也有伤到腰的。反正只要抬脚，一切都可能发生。

但有一点我想重点谈下体会，就是慢跑是不伤膝盖的，应该是加强。体质特殊者除外。每一个跑者最开始要过的关，就是膝盖疼。我第一次参加北马，跑到 12 公里，也是因为膝盖外侧疼痛难忍，才败下阵来。

后来，开始训练，试着跑 10 公里、半马、全马，其实每次考验的就是膝盖。如果膝盖外侧不疼，就可以踏实地跑下去。

至于腿伤，老婆是个案例。老婆以前打羽毛球，大腿外侧扭伤，时常复发。再上球场，她都不敢用力奔跑，稍不注意就会加重。后来，她开始跑步，进入之后就迅速痴迷，每天都要跑 10 公里。跑着跑着，她的腿好了。

有一次，她们单位举办羽毛球比赛，她又持拍上场了，女双，主打后场，左冲右突，健步如飞，同事们都惊讶坏了。

跑步能修复伤痛，也能制造伤痛。跑者有句话，十伤九快。

我师傅高旭见面就是受伤状态，不知道他是不是因为追求速度。但六六我是知道的，她是我们班目前为止最快的马儿。平时训练，她就很用劲。我们都劝她不要对自己太狠，她总是答，还好了。到了比赛，她更是不放松自己，撒开腿跑。

不幸终于降临，她大腿内侧骨裂，休息了一年多，还不能正常跑步。2016 年，武汉第一次举办马拉松，她也过来了，那时正带着伤。我们都劝她不要上场，她笑着说没事。后来，她勉强跑了几公里，就折返了，回到宾馆。

2017 年，西安举办首马，她终于可以站到赛道上了。我们都为她捏着一把汗，于是，商量之后提出口号："不比配速，比快乐！"她欣然接受，我们悬着的心才落地。

也许你会认为六六是个女生，实力不够强，容易受伤。那么，郭海鹏算是我们群里最扎实的一匹马了。他从最初开始跑步，就稳扎稳打，一步一步训练过来，渐渐成了一匹强马。可是，有段时间，小腿也拉伤了，完全不能跑步。有好几次，我们拉练的时候，他只能在旁边为我们服务。

我和李志伟相约跑了合肥马拉松之后，我就有个长远规划：以后无论到哪里跑马，都约上志伟。志伟是我认识的作家朋友里，唯一一个跑马的，有了他，就有伴了。

可是，不久就传来了坏消息，志伟说他膝盖受伤了。我心里急，就冒充专家告诫他，说十伤九快，不要追求速度。

他其实比我更专业，说："我没快，慢也会受伤。"

伤就伤吧，等养好了伤，我们还可以一起跑。

没想到，志伟的伤进一步演化，说是半月板受损，必须手术。他住在无锡，本来可以就近治疗，最后还是决定到上海做了手术。手术之后在家静养，按理说，3 个月就差不多恢复了，可折腾了半年，还不能正常走路。于是，他又到无锡医院复查，医生说必须再次手术。

一连串的打击让他痛苦不堪。我在电话里安慰他。他说没什么大不了的，只是不能再跑步了。这是我们心中共同的惋惜。

跑者有 1000 种受伤的方式，我无法一一列举。这样说不是吓唬你，更不会吓我自己。

这世道，喝凉水塞牙的，放屁碰脚后跟的还少吗？怕死，就不要出生。

如果你在赛场上看到白发苍苍的老人，看到坐着轮椅的人，看到戴着假肢的人，看到被牵引的盲人……你还会问跑步会不会受伤吗？

受伤算得了什么？谁不是跌跌撞撞地走在路上？谁不是伤痕累累之后还在努力前行？

一个真正的跑者，已经把受伤看作自己的菜，不伤不痛快！

青马团横空出世

16

忽然有一天，徐明说有个新成立的青马团，让我加入一下。我本没有思想准备，不过，因为是徐明说的，就没有推辞，加了进去。

青马团就是以青山区为核心的跑团，全名叫“怨铃鳗—青马团”，团长叫周子如。虽然是新成立的，人员却不少，一眨眼已经超过了黑冷马群汉马跑团。

青马团不仅人气旺，组织也严密，定时定点在理工大学青山校区训练，还要打卡。那时，我已经不住在青山区了，所以没有过去参加训练，也不知道该怎么打卡，就潜水了。

我加入过无数个群，多半都是长期潜水状，相安无事。可是，青马团不行，这里有群规，几次缺席就踢，不是虚言，真的动脚。没有多久，不知谁甩了一脚，我就被踢了出来。

嗖的一声落地，我长长松了一口气。因为我一向是个懒散的人，虽然跑步，也喜欢随性。每天在青马团，看到大家发上跑步记录，聊天记录，都是你追我赶、万马奔腾的气象，除了立志还是立志，我神经受不了。能够被踢，不怪，反觉轻松了。

一口气没喘完，周子如的私信过来了，要我再次入群。我说我不能参加训练，也不会打卡。他说一切减免。好吧，团长给了免踢金牌，还有啥说的，进去。

周子如何许人？徐明从头说起，我才略知一二。

2016年厦门马拉松，周子如第一次参加，也是第一次和徐明相识。徐明说，印象中周子如就是快，一抬腿就没影了。等过了半程，竟然追上了他，他正在那里压腿。可还没到跟前，他又抬腿跑了。一直到终点，总算是看到了周子如，这时，他已经瘫坐在地上，不能动了。于是，徐明、徐超、郭海鹏和伍代艳就陪着他坐了几个小时，再架着他，慢慢往回走。

要说快，周子如名副其实。他曾经是黄石市高中生400米、800米纪录保持者，何等样的能人呀！他快，身边自然就聚集了一批快马。后来，我就认识了在武汉市都排得上号的小灰灰、舞风铃，我们给他们一个称号，叫跑神。

但周子如不是跑神，他半马还是可以的，一到全马就跑崩。相当一段时间，后半程抽筋成了他绕不过的痛。他平时训练，拉个半马没事，跑个30公里也还好。可是，再往后就是问题了。

有问题先存着，这并不影响青马团的日益壮大。随着时间推移，青马团和汉马团有了更多的交集。汉马团大多数马儿都在青马团里面，青马团也有好多马儿在汉马团，盘根错节，不分彼此了。

周子如本来就是一个成功的老板，有能力有热情更有奉献精神，自然就把青马团张罗得风生水起。

为了有统一的阵容，他费了不少心思，挑选商家，为大家定做团服。长袖、短袖，大号、小号，一一统计，细心周到。

团服到了之后，我去领取。周子如接到电话，就从楼上下来，打开车的后备厢，从满满的几个大纸箱子里面翻找。我当时就觉得眼花缭乱了。这种事要让我做，我非拿头撞墙不可。他却不紧不慢，搬开几个纸箱之后，就能找出来。

我不是想夸他有多么细心能干，我是想说，跑步到底是个什么魔鬼，竟然能让周大老板放下手里的生意，跑来为团员们做这样细碎的事情！

细碎的事情远不止这一点点。东湖绿道开通之后，来跑吧落户到绿道旁，周子如就和来跑吧联手，不定期地搞绿道拉练，存放包裹，沿途补给全是免费提供。我参加过几次，感觉服务贴心，跑得开心。

青马团最厉害的要数年会了。参加的有一百多人，大家先沿着东湖绿道跑个 10 公里，抵达宾馆，洗个澡，换身衣服，再进入联欢模式。联欢有抽奖环节，入场的都要签到拿号，负责张罗的竟然是跑神小灰灰和舞风铃，让我们这些跑渣们情何以堪。

年会奖品都有重磅赞助，价值相当可观。周子如一一介绍，我才明白就里。我平时参加青马团活动不多，好多群员都不认识，原来，这里真的是窝藏着一大批人物呢。据不完全统计，有4个身家过亿的老板，有30多个拿证的国家干部，还有各行各业的能人……是不是能人都不重要，重要的是大家都心甘情愿地为群里做点什么。

我只有啧啧的份儿。这到底是怎样一个群呀，能团结这么多的豪侠之士！也许还是印证了这样一句话：能力有多大，事情就能整多大。

整得再大，也是为了跑步。周子如为了专心跑步，毅然决然地放弃了羽毛球。之前他绝对算是羽毛球迷，自己开过羽毛球馆，经常跟专业队员切磋，技术自然不会差。但自从爱上跑步之后，他把自己的羽毛球拍都送了人，断绝后路，与球场说拜拜。

他这样做其实是很正确的，因为打羽毛球受伤的概率高，一旦受伤，就会影响跑步。这个道理我很懂，可是，我至今没有放弃羽毛球。仅这一点就能分辨，他比我有决心，有自控能力。

到底能跑多远

17

随着跑量的不断累积，我们的能力都在加强。就如我吧，最开始跑到12公里就崩掉了。后来，把10公里巩固，就想跑个半马。那时，半马确实是个咬牙都难到达的距离。一次又一次地试探，等我终于能跑完半马时，身边的马友们几乎都是全马选手了。因为有了众多榜样的力量，我当然是把目标定在了全马。可是，全马在我心中真的是因敬畏而遥不可及。

我还清楚地记得，那时，我和周宏贵每次训练10公里，常常谈论全马如何如何，谈着谈着，我就会给自己留条后路，说："其实就这样跑10公里，也不错。其实不去参赛，自己跑也不错……"这话似乎极有道理，我们都点头同意。

可是，我们心底都清清楚楚，我们是在欺骗自己。谁会甘心放弃全马的目标？谁会真正放弃参赛？

那些快马们，在完成了全马之后，根本停不住，除了追求PB，还要把距离拉长。先是50公里，再是60公里……好像他们的腿脚已经在跑步中变质了，成了铜铁金刚。

黑冷马群里，最先跑马拉松的是李峰，现在，他周末常常在各地参赛。他不是群里跑得最快的，但他是跑得最远的。

他第一次跑50公里越野的时候，我们群里几乎没有人敢想象，因为那时，我们最多的也刚刚勉强能跑完全马。等大家陆陆续续都跑过全马，他已经开始挑战100公里越野了。

挑战了几个越野，他似乎觉得还不过瘾，又参加铁人三项：游泳、跑步、自行车。

我在受惊之余，突然想起了他的外号本来就叫“疯子”。一个疯子不做点疯狂的事，那才叫不正常。

我料到了他的疯，但没料到他疯起来就没边没沿了。不久之后，他又宣布要参加香港168公里挑战赛。

168公里，可把我们马群搅和坏了，整个群彻夜未眠。大家都时时关注着疯子的动向，不时发出问候鲜花、加油拳头。疯子也会回应，一会儿说在吃饭，一会儿说在睡觉，每次都报上自己跑到的公里数。

我本是一个跑马的人，可这次我认为他真的是疯了。这场跑，从白天一直跑到了黑夜，又从黑夜跑到白天。虽然说中间允许吃喝睡，但两天一夜不停地奔跑，那得怎样的腿脚？怎样的毅力？怎样的神经……想一想都要疯了。

快疯掉的不止我一个，汉马团整个都不正常了。团长徐明喊话了，要带着南湖片的成员一起刷三环，跑足100公里，欢迎大家踊跃报名参加。

谁敢报名？谁报名谁是傻瓜，谁参加谁就疯了。

计划正在酝酿，我对徐明说，别学疯子，他跑100公里是在赛道上，你刷三环谁给你封路呀？三环上车多，全是尾气，还不安全。

徐明说，不是我要跑，是这帮兄弟们想试一下。我们会开一辆车做好后勤保障，趁天黑跑，三环上车就不会太多。

我还是担心，说，100公里真不是好玩的，你们都想好了？

他说，没事，陈盆滨连续100天跑了100个全马呢。

我说，他是人吗？北极马拉松都敢跑，比魔鬼还狠！

他说，还有一个天津老唐，退休工人。他女儿开车，他就跟在车后面，一天一个全马，从天津跑到了西藏。

真有这样的事吗？我没有听说过，一时也无话可说了。

徐明带着南湖的兄弟们开始刷三环了，徐超、郭海鹏、高凯、花之山利郎……他们是接近傍晚的时候出发的，汉马群里不间断地发出他们跑步的信息，类似直播。

前半程，群里照例是鲜花、笑脸、加油拳头，像雨点一样播撒，激励跑者。保障车上的人也实时传来三环上的图片：天已经黑了，车灯、马路，还有靠边奔跑的一排身影……

时间渐渐流逝，夜慢慢地深了，群里冷清下来，围观的群友们都上床睡觉去了。

一觉醒来，我迷迷糊糊地爬起来上厕所，一泡尿没撒完，突然想起还有人在刷三环，就连忙转身出来，拿起手机看汉马跑团。好家伙，群里虽然已经安静了许多，但还是有信息间或跳出来，有的是从保障车里，有的是从各自家的床上，原来，这注定是一个不眠之夜。

100 公里有多远？我没有跑过，就不知道。徐明这些群友们正在用脚步丈量，从头一天傍晚一直跑到了第二天天光大亮。那是怎样一种感受，穿透了整个黑夜，当太阳在眼前升起时，他们看到的恐怕已经不是太阳，而是漫无边际的黑暗中的一个破洞，一个出口。他们在刷着三环，黑夜在刷着他们的身体；他们在丈量着跑道的长度，路面在测试着他们的脚力；他们在为群里上演一场长途奔袭的大戏，群友们却没有把他们当作演员，而是看作真实的硬汉……

起码我是这样看他们的。再次聚会的时候，他们轻松谈笑，好像刷三环是件极其快乐的事。看着我一脸的担心，徐明说，其实没有问题，大家都尽自己的能力跑，实在跑不动了，就上车休息一下，其他人接着跑。如果要说担心，也是有的，过往的车辆偶尔会轧到石子，石子像子弹一样射出来，打得路边嘭地一响。现在想想，还有些后怕。

他有些后怕，我却有些后悔：当初要是能咬咬牙，跟着他们去玩一圈，该多好呀！那样，我就知道我到底能跑多远了。

一个人到底能跑多远？当我纠结这个问题的时候，我就会不由得回望我人生的起点，想起我走过的路线。这一回头，也着实让我惊讶了。当我还在山上放牛的时候，我并不知道我能不能走出那座山；后来，我跑出了那座山，进入了县城一中，埋头读书，并不知道下一步会走向哪里；后来，我跑出了县城，到了北国冰城，在冰天雪地里玩耍，根本也预料不到自己的未来会走向何方；因为种种机缘，我来到了武汉，在这座江城定居下来。

一住就是几十年，我在这里娶妻生子，落地生根，似乎这里就是我的人生终点站了。可是，我常常想，也许不是，应该不是。人生是一场长途奔袭，到了我这样的年龄，就是时下所谓的油腻中年，似乎脚力不济了。可细想一下，并不是脚力的问题，而是我们已经得到的够多了，多到谁也舍不得放不下了。

舍不得什么？放不下什么？也许自己心里都清楚吧。

可我是不甘心的，不能就在这里被捆住了手脚，画地为牢，终老一生。我清晰地记得，还在很年轻的时候，我就不能容忍那种一眼能看到尽头的生活，哪怕那种生活多么光鲜富足，我都不要。所以，我才开始折腾，给我大道我不走，偏要走小路，要翻山越岭，要涉深河渡险滩。我的亲人为我捏着一把汗，我的朋友为我揪着一颗心，我感激他们，但我不能因为这份感激就放弃自己的选择。

我要看到不同的风景，那么，只有不停地奔跑。人生到底能跑多远？谁知道呢，又何必知道！

说到这里，我又想起了一件终生后悔的事。那时，我刚工作不久，和同住一个宿舍的赵强混得很铁。他老家在纸坊，离宿舍有近

50 公里吧，在周末的时候，我们常常就各骑一辆破自行车，哐当哐当出发，中午时分，赶到他家吃个午饭，下午再哐当哐当赶回来。

哐当来哐当去，我们就有了想法，决定骑车到福建一趟。武汉距福建差不多有 1000 公里，这样的破自行车肯定不行。于是，我们把微薄的工资积攒起来，各自买了一辆山地自行车。

路线已设计好，行装已打点好，只等出发了。可是，后来好像是因为假期批不了，只得搁浅。这一搁就是几十年，我那辆山地车早被别人偷走了，同时被偷走的还有当年满怀的豪情、凌云的壮志。

有时，我感觉我的壮志就像沙漏，时间在流逝，激情也在漏走，堵都堵不住。果真如此，我就更不能停下脚步了，那样，只能看到脚下漏满一堆沙。

跑吧，趁沙漏还没有尽。跑吧，直到沙漏流尽。跑吧，不停地跑，没有目标也没有野心，我只想看到一个人到底能跑多远。

北马 35 岁

18

2015 年 9 月 20 日，时隔 3 年，我再次出征北马。当然，这次从武汉过去的不止我一个，还有我们黑冷马群汉马团队。

这次跑马对我意义非凡。我的首马就是北马，而且是以惨败告终。只听说过“在哪里摔倒，从哪里爬起来”，没听说过“在哪里摔倒，就再在那里摔一次”，所以，再次踏上跑道，我心底自然有了压力：只准成功，不准失败。

除了内部的压力，还有外部的动力：这次马拉松是北马 35 周年。北马是我国最早的马拉松赛事吧，据说第一届参赛人数还不过百。一眨眼，几十年过去了，参与者越来越多。2012 年我第一次参赛，好像还不用抽签，之后，马拉松在中国迅速升温，参赛者陡增。现在，只要是有一点规模的马拉松，都得抽签。

北京马拉松 35 周年更是报名人数严重超员，组委会也够狠，直接取消半马和迷你跑，3 万个名额全部是全马，抽签决定。而且这次赛事的奖牌也是用心制作，有真金镶嵌，听听都诱人。

想想也应该，一个赛事坚持了35年，从几乎无人参赛到参赛者人满为患，这个过程本身就像极了马拉松。

如果说北马是中国的老马，我显然是一匹新马，这次能中签，实属幸运。在此之前，我只有两次全马的经历，都在2015年上半年：一次是郑开，首次完成全马，算是成功的经验；另一次是杨凌，30多公里跑崩了，跛着腿脚走到终点，算是失败的教训。

照旧是天安门广场，照旧是人山人海，只不过气温比第一次高了一些，心不那么冷，尿也就没那么多了。我夹杂在人群中，不停地做深呼吸，强压心底的紧张。我努力地回忆着郑开马拉松，让内心尽量有点把握。

太阳升起来了，人群躁动，开始起跑了。跑过天安门，向西，一眨眼，又到了中南海红墙。这回竟然没有人冲过警戒线，去红墙边撒尿了。我忍不住侧头看了几眼红墙，掂量一下自己，也觉得没有尿意。

其实，在2013年，就是我参加之后的一年，红墙撒尿就被当作一个事件，在网络上曝光了。估计马友们都看到了，自觉性提高了，就算有尿也先憋着，等到了下一个小树林再解决。

按理说，赛道边也有移动厕所，可那些跑马的为什么都往路边树林子里钻呢？是不是跑了马，都属马了？非也。厕所是有的，但是，凡有厕所处，便有人排队。一个跑马的，谁不是争分夺秒？谁愿意用几分钟甚至十几分钟排队？亏得大嘛。

先不揪着撒尿不放了，说说对这次北马的整体印象吧。

起跑之后，我就觉得不对劲了：不管怎么跑，都是人挤人。因为3万人都是全马，就算跑过半马，人还是密密麻麻。再加上有些跑道变窄，会严重堵塞，就要停下来走动。

约莫30公里之后，人总算渐渐散了，不用胳膊撞手臂了。可这时太阳又升到了头顶，照得额头生疼，口干舌燥。抬头一看，不远处就是补给点，我于是加快步伐。

万万没有想到，补给点没有水了。志愿者在不停地喊："向前跑，下一站有水！"

没得选择，我随着人流往前跑去，强忍着干渴，终于盼到了下一站。可是，大老远就听到了志愿者的喊声："向前跑，下一站有水！"

有人骂娘了。骂也没有用，志愿者又生不出水来。

再往前跑吧。周宏贵显然已经受不了了，两眼滴溜溜，不是望着前方，而是扫视着路边。突然，他眼睛一亮，看见了一个扔掉的矿泉水瓶子，就自顾自地嘀咕："唉，好像有水……唉，谁扔的呢……唉，管他呢……"他显然在做激烈的思想斗争，最后，跑过去一弯腰，捡起来，拧开盖子，一仰脖，把瓶底的水倒进嘴里。

水并不多，他扔掉瓶子，笑了，说："真解渴呀！"

显然这话对旁边的人是个刺激，但大家都没有他这么好的运气了。

再往前，每跑一步就离终点近了一步。也许是组委会接到了断水的信息，紧急在前方调集了矿泉水，成箱成箱地码放在路边。正常情况是用纸杯分装小半杯，递给跑者，这会儿没有纸杯，有也没人要了。干渴怕了的马友们一见水，冲过去，每人拿了一瓶，抢劫一样，抓起来就跑。

我小时候看过一部为水争得死去活来的电影《上甘岭》，但那是电影，在现实中，这一次我是从骨头里感受到了水的珍贵。我当然也抢到了一瓶水，咬牙切齿地打开盖子，扬头就往嘴里灌。水入喉咙的时候，我听到了哧哧的响声，就像烧红的铁块遇到了冷水，一股青烟从口中喷出。

有了水，什么都不怕了。前面就是终点，奥体中心，而我并没有出现抽筋、膝盖疼痛等现象，不禁窃喜。能拿到北马 35 岁的金质奖牌，我对自己总算有个交代了。

意料之中的奖牌实实在在地捏在手中，我只高兴了 1 秒钟，马上就皱起了眉头。因为一出领奖通道，面前仍然是人山人海，我头皮顿时发麻了。

腿脚都僵硬了，我找个地方先做拉伸。这时，不远处有个人向我招手，我走近一看，是李峰。我俩稍作休息，就向地铁站走去。

我的天哪，地铁站里排队买票的人已经排到站外来了。我恨恨地说：“你们北京怎么这样挤呀？”

李峰不服气，说：“还不都是你们外地人来凑热闹。”

“我是外地人，你是地头蛇，你想办法把我从这里弄走呀！”我一句话堵住了他的嘴。

他个子高，背着包往前挤，好多人骂他，他也不理。我当然不能发呆，连忙跟着他往前挤。挤到一半，看到了救星六六，她速度快，先到达，排队比较靠前。我们不用挤了，给六六递个话，就退到一边站等。

六六买到票，也是半小时以后。我望了望后面的队伍，暗自庆幸：如果我们自己排队买票，两小时都够呛。

暗怀欣喜，检票进站，眼前的景象又是一闷棍。站里挤满了人，地铁进站了，根本就挤不上车。地铁一趟一趟地来了又去，不知等到第几趟，总算是挤上去了。站在摇晃的车厢里，虽然挤得前胸贴后背，但心里踏实了，有一种死里逃生的感觉。

从那一刻，我就对自己说，北马，我再不会来了。

2016 年，儿子上了北京大学，朋友们常常问我，为什么不去跑北马？我答，中不了签。其实是心里怕了。

后来，我在北京马拉松官方微博后面跟了帖，呼吁组委会能改进终点疏散措施。有网民指责我，说是因为我跑得太慢。好吧，我就是代表跑渣提出来的，不行吗？

作为我国历史最久的一个马拉松赛事，我真诚希望北马能够不断完善，与时俱进，做好领头马。

两个人的马拉松

19

武汉要举办马拉松了，对我们汉马跑团来说，这确实是个令人手舞足蹈的消息。我们马上到黑冷马总群里去闹腾，让大家都积极报名。对于首马，大家热情都挺高，一呼百应。

有热情的不止我们黑冷马，全国马友都热情高涨，报名人数迅速飙升到 6 万之众。而此次汉马首马，设立的 3 个项目，全马、半马、健康跑，总共也只有 2 万个名额，全马才 6000 个。所以，报名之后，大家都等待着抽签。

也不能干等，大家都在积极备战。最积极的是周宏贵，在群里忽悠，2016 年元旦到理工大拉全马。训个练就拉全马？开什么国际玩笑！群里一片哑火。

周兄却铁了心，说哪怕只有他一个人，也要跑。

这犟脾气上来，谁还挡得住？我连忙说，谁说只有你一个人，还有我呢！

一言既出，驷马难追。是匹马儿，答了话就得跑呀。

元旦这天，阴，冷。一大早，我就从三角路赶到理工大。这里是以前我和周兄拉练的地方，自从我搬家之后，就几乎没再来过了。一进校园，一切还是那么熟悉，就像老友重逢。

老友在校图书馆前面小广场等我，一见周兄，我小吃一惊。他是开车过来的，带来了一张折叠木桌。他把桌子架在路边上，又从后备厢里提出了矿泉水、咸伙计（运动饮料）、香蕉、面包……摆满了桌面。这还不算什么，紧接着，他掏出一个红色小横幅，上面用毛笔写着“马拉松补给专用”，那几个字一看就是他写的，他学过书法，技法还在半路上。

他这样精心准备，确让我意外又感动。啥也别说了，跑吧。还是那熟悉的跑道，我们肩并肩，调整节奏，像训练，又像比赛。

一圈约莫 1 公里，我们跑了几圈，有几个群友赶到了，陪着我们跑了一段，又都撤了。他们只是日常训练，有 10 公里足矣。

跑道上又只剩下我们俩了。我们长衣长裤，一开始还有些冷得打战，但 10 多公里之后，汗就大量出来了，不光是在后背上爬，额头上也爬满了，不时迷住眼睛。我们彼此看看，都没有减速的意思，好像越跑越来劲了。

一时兴起，我们又聊起了人生的话题。那次，我们聊人到中年该如何做减法。他聊到他的公司，准备在 3 年内完成布局，然后，就可以抽身出来了。

我没有公司，只有一份赖以生存的工作，工作之余更多的是写作。于是，我谈到了这几年最深的一种感受：归零。人到中年以后，应该有一种归零的想法才好。心理归零，不要让自己变得越来越老成，快速进入老态龙钟。归零之后，让自己回到童年的状态，一切都是新鲜的，哪怕是稚嫩的，那种感觉会很有意思。从零开始，再慢慢成长，别人说你 46 岁了，你却以为自己才 6 岁，多好！

归零对于我的写作更是意义非凡，或者说，归零这种想法就是我在写作《猫王》时产生的。

2009 年，我的人生进入了第 40 个年头，在这个节骨眼上，我也难免想得更多一些。乱七八糟的想法撞进我脑袋的时候，我真的觉得自己更困惑了，根本不是什么“四十不惑”。我强迫自己要清醒一些，千万不能迷失。渐渐地，我想到了一个词——归零。

如果从 1997 年《儿童文学》发表我的《玫瑰使者》算起，我在儿童文学这条路上已经走了 12 个年头。这个时间不算短，我已经和读者之间建立了千丝万缕的联系。换句话说，我已经写出了不少作品。

我准备把这些作品都忘掉，让自己变成 12 年前的状态。我知道，如果带着过去的成绩前进，肯定是一种负担。我就像是头老牛拉着破车，车上实在不能装什么东西，空空的才好上路。或者说，我就像是一名登山者，爬到半山腰已经很累了，好像没劲再往上爬了。这时，我必须把半山腰当作是山脚，从头开始爬，才有可能爬得更高。但是，要做到这一点，真的很难。

有一段时间，我不和任何与写作有关的人联系，每天下了班就拼命地打羽毛球，让我的球友都确信，这个世界上除了羽毛球，再没有什么让我留恋的了。突然有一天，我觉得我已经归零了，于是，我才敢坐到电脑前面，打出“猫王”两个字。

写作的过程是漫长而艰苦的，同时，也是激动人心的。我能感到有一股气韵始终笼罩着我，让我挣脱现实，进入远古。那是写作的一种境界，非常享受。

《猫王》也成了我里程碑似的作品，其销量是我始料不及的。我不想说《猫王》就是我的代表作，但至少，是《猫王》让我这个写作者摆脱了贫困。我深深地感谢《猫王》，也庆幸自己能够归零。

谈到动情处，我们不免相互唏嘘，几乎忘记了是在跑步，还是个全马。

得意必会忘形，忘形必会失足。不是说崴了脚，而是丢了东西。

虽然是冬天，但补给还是要的。几圈之后，谈兴过去，我们跑向补给点，才发现桌面上已经空荡荡的，只剩下几块干硬的面包，也许无法下口，招人嫌弃，才落下了。

我们一时傻眼，愤愤了几句，又释然了。不能说人家素质低，你借人家的校园跑步，当然要贡献一点饮料、香蕉什么的了，这才叫公平合理。这样一说，我们又哈哈大笑，人生无处不好笑。

笑归笑，没有补给，全马就危险了。就在这时，来了个大救星，李艳平，此人正是周夫人也。

李姐骑车来的，带了一个保温瓶，里面装着热豆浆，自制的，纯天然饮料。

热豆浆就着冷面包，也是极好的。补给齐全，全马无忧了。

为了表示感谢，我们准备带着李姐一起跑。可是，她不领情，要自己跑。她是十足的个性跑者，每次只跑 5 公里，多一步都不要；再就是，嫌我们跑得太慢，她一抬脚就是加速度，带我们跑还差不多。

我们当然不能跟着她跑，那样，会被她带到沟里去的。那么，她跑她的，我们跑我们的。

她一口气刷完了 5 公里，收住了脚。那时，我们也接近了尾声，浑身的不适不断涌现。但我们没有停步，只是在补给站喝几口豆浆，做一会儿拉伸，接着再跑。

李姐跑完了，并没有离开。她守着补给站，每见到她一次，她就劝我们不要跑了，差不多就行了。我们非常来气，问她是来给我们鼓劲的，还是泄气的？她的回答很干脆：我是为你们好呀！

她说的没有错。看看我们痛苦不堪寸步难移的样子，谁都会觉得难过。我们当然也觉得难过，但是，再难过，也得挺过去。

不撞南墙不回头，言下之意就是，撞了南墙就该回头了。这个理儿在生活中成立，在马拉松的赛道上就不成立。30 多公里以后，我们已经撞墙了，但我们想到的不是回头，而是穿墙而过。此时此刻，确实要咬牙、咧嘴、拼命，反正就是别把自己当人了，你不是天使就是狗屎，别纠结，不需要答案，高低你就是跑吧。

穿过了南墙，身体渐渐不跟你较劲了，你又活过来了，觉得自己可以跑下去了。那感觉是多么地美妙！这么说吧，就算你在人生当中处处失败一无是处，此刻，你也会觉得自己非常了不起。

这是我在参加比赛之外唯一一个全马，跑道上只有两个人，周兄和我。我忽然想起，我和周兄相识已经 20 多年了，今天，我们两个人的马拉松恰恰就是一个暗喻：如果人生是一场马拉松，那么，周兄就是一直陪着我向前跑的那个人。我们已经一起跑过了 20 多年，还将相伴跑下去，直到人生的尽头。

奔跑吧，石头哥

20

武汉举办首马，虽然报名火爆，但我们黑冷马群运气比较好，报名的大多都中了签。2016年4月9日，大家聚集武汉，我们汉马跑团作为东道主，做了精心安排，负责全程接待外地来汉群友。西安的师傅高旭和师妹来了；北京的师傅李峰和夫人徐晓玲来了，他俩是我们大学同班同学，也是我们班唯一成就的一对儿；长春的两个女神小甲和小付来了；合肥的六六没有中签，也过来助兴……可谓是，全国黑马欢聚一堂。

汉马也特别长面子，首次举办，服务态度极佳，高出我参加过的所有马。首先是赛前接站，在机场和火车站都有免费转运车，直接把外地的马友带到武汉展览馆，在那里领取参赛包。

武展里面布置得非常有气氛，既热闹又有序，一点都不拥挤。武汉市区，只要是参赛者，公交和地铁一律免票。比赛当天，为了方便参赛者，地铁比正常开班时间还提前了。

10日，比赛当天，我们住在离起点不远的酒店，5点就起床了。等我们来到楼下，才发现志愿者早就到位了，一问，人家3点就起床了。

等发令枪一响，上了跑道，更能感觉到道路两边的热情了。志愿者都是训练有素，不停地为跑者加油，配送补给。市民的热情也出乎意料，除了扯着嗓子喊，有的还端来自家的热茶、水果、点心免费供给跑者。

沿途的秩序、医疗保障也非常棒。除了志愿者，还有警察，甚至还出动了特警；据说几乎所有的三甲医院都出动了骨干，驻守道边，为跑者保驾护航。

一路上，补给也是我参加过的马拉松中最充足的。全马一直跑到尾声，吃的喝的完全能保证。除此，云南白药喷雾剂始终都有，快到终点了，只要找到一个医疗点，就能喷到药。

这样好的大环境，许多人都跃跃欲试，要在汉马创造自己的PB。我却无此打算，这次，我的任务是带着石头哥跑完全马。

武汉市青山区最好的初中是实验中学，石头哥就在里面当数学老师，骨干级的。我和石头哥的交情并不是从他当数学老师开始的，而是20多年前，我们都是文学爱好者，玩到一起的有4个铁哥们儿，另外两个是周宏贵和李府东。近些年，李兄不太跟我们来往了。

石头哥本名叫卢胜东。1993年，我们一起参加《武钢文艺》举办的三峡笔会，夜宿大溪古镇，在地窖里看了一场电影《筏子客》，里面的男主叫石头，和卢兄神似。电影散场之后，卢兄就成了石头，我一直就叫他石头哥，顺口了。

初识石头哥，他就是数学老师。一位数学老师爱上文学，肯定不是个安定分子。后来，他果然挣脱了讲台，去当秘书，又到私营企业去当办公室主任，一通折腾，仍不满足。

2002 年，我只身南下深圳，去创办一本杂志。这也牵动了他的筋，他紧跟着也来到深圳，说好到一家培训中心当家教。可是，他脚尖刚落深圳地界，那家培训中心就倒闭了。一时间，他茫然四顾，不知所往。

接下来，他就开始四处奔波找工作。工作并不好找，他天天碰壁，直到实在奔不动了，就来找我。

我们俩在走廊里站着说话，商量着办法。他突然无法控制，掩面痛哭。两个男人如果有过一次相对痛哭的经历，就是这辈子最铁的哥们了。

一年之后，我们都从深圳逃回武汉，重新开始自己的生活。那时，他想做点生意，可是，不光赔了本，还卷进了一场官司，与此同时，家庭也不稳定，他整个人都消沉下去了。幸好他及时收手，凭真本事在实验中学谋得教师职位，仍教数学。他的人生就像画了一个大大的圆圈，终点又回到了起点。

有空的时候，我约他出来打羽毛球。一上场，我就知道他的身体已经完全垮掉了，一局还没有打完，他就累得趴在地上。我心中焦急，但无能为力。

后来，我和周宏贵开始跑步了，就决定拉上石头哥。可是，每次连蒙带骗把他带到理工大校园，还没有跑到3公里，他就要死要活。我细看了一下，他也不是装的。于是，我和周兄也只有干着急。

干着急不如行动。我和周兄相约，一起找石头哥喝酒，一通闲聊之后，话题自然就扯到跑步上来了。石头哥当然是又怕又想，犹豫不决。我就一拍桌子，逼着他买装备。为了让他觉得我不是在骗他，我们当场选定了一款美津浓的跑鞋，800元，我和他一人搞了一双。然后，买腰包，也是和我同款的。

装备已经齐全，就等他迈步了。我们给他的方案是：先不跟我们跑，自己跑着，能跑多少是多少，但要坚持。

他真的就跑起来了，就在学校旁边的公园里，方便快捷不耽误上课。每次，他把跑步记录发到群里，我们就撒花，给大拇指，而且告诉他不要急，慢慢来，先巩固，再加量……

约莫半年之后，出来拉练，石头哥完全跟上了我们的节奏，一次10公里已经不在话下了。拉练的终点，我们都为他击掌庆贺。

石头哥备受鼓舞，回去之后，就改到江边跑步了，时不时拉个半马。直到这时，我才放下心来。他已经上道了，就可以自己去跑了。

这次汉马，石头哥直接报了个全马，而且不幸中签了。他一下就紧张得不行了，问我怎么办怎么办？还能怎么办，我来带吧！一听这话，他总算踏实一点了。那一刻，我内心涌起一股骄傲：在汉马跑团里，我肯定不是跑得最好的，但我是跑龄最长的。一匹老马，有时就要倚老卖老，因为老也是一种资本。

枪声一响，万马奔腾。无论多么兴奋，多么眼花缭乱，我只紧盯着石头哥，和他不离左右，说啥也不能把他跑丢了。一开始起跑，人潮涌动，拥挤不堪，要做到这一点，真是不容易呢。等跑出一段距离，人群渐渐散开，我的神经才松下来。这时，可以和石头哥肩并肩按照固定的节奏跑了。

可是，石头哥有想法了。他看见在我们前方，有一个白发苍苍的老头儿，不紧不慢，就让我猜人家年龄。我说 70 往上走。他马上就来劲了，说超了他。说音未落，他就加速向前跑去。

我想阻止，已经来不及了。因为以我的经验，在赛道上千万不要轻视老人，一位七八十岁的老马，往往比我们要跑得好。前面这位老马，我一眼就看出来有实力，光凭人家那节奏感，就不容小视。

果不其然，石头哥追了一阵子，没追上不说，倒把自己搞得上气不接下气，就差崩溃了。我狠狠地凶了他两句：后面的路还长着呢，你这样胡折腾，是不想跑了吗……

他吃了亏，也服了气，从此不敢再乱跑了。

这段时间，石头哥的训练是不错的，但毕竟第一次跑全马，对谁都不是一件容易的事，所以，一路上，我格外担心，生怕他在某一个时间点突然崩掉了。为了给他节省体力，一路上的补给我都替他去拿，送到他手里，让他不跑一步弯路，笔直向前。

就算我有天大的本事，到了后半程，还是救不了他。那时，我们已经到了东湖赛道，景色美得不要不要的。可是，石头哥已经没有一丝心情欣赏美景了，只是不停地喊累，受不了了。

我说，不累还叫马拉松吗？

他不吭气了，把腰包解下来，塞给我。我系着一个腰包，拿着一个腰包，两个一模一样，好不古怪。古怪不算啥，只要石头哥能继续跑就好。望着他从头到尾的痛苦相，我说，别怕，跑到崩溃为止，倒在地上，自然有人救护你的。他哼哼着，算是回应。但我已经看出来，他就像一架漏光了油的车，随时都有熄火的可能。

终于，我说什么都不管用了，他到了极限，一步也跑不动了。那就走吧。我陪着他沿着东湖赛道往前走，多好的风景呀，但无心欣赏，石头哥到底还能坚持多久，谁也不知道。我心里像猫子抓。

突然，电话响了，是他的。我掏出手机，按下接听键，把电话递给他。他有气无力地对着电话哼哈了一阵，挂了，马上就来劲了，竟然又抬脚跑了起来。

什么情况？我追着他问。他说，学校的老师一大早就到了终点，一直等着他呢。

不会吧？在那里干等四五个小时，就为了看到一个同事抵达终点？我突然意识到，马拉松对一个普通人来说，是何等的了不起！

了不起倒不一定，但确实不易。石头哥跑了一阵子，又不行了，只得再走。

这时，电话又响了，还是他的。我掏出电话，按下接听键，递给他。他又哼哈了一阵，问我，还有多远？我说，9 公里左右。他冲电话里说，8 公里多。然后，又跑起来。

我问他是什么情况？他说，学生和家长在终点等着他。

你跑个马拉松到底要惊动多少人呀？

话音未落，电话又响了。这回是他女朋友在终点等着他。他根据我的估算，告诉女朋友，离终点还有 5 公里多……

就这样，我和石头哥连拖带拉，连滚带爬，终于来到了终点。在离终点还有 200 米的时候，我丢下他，独自向前跑去，这样好给他的同事、他的学生和家长、他的女朋友腾出位置。

在最后这 200 米，石头哥被他的亲友团包围了，他成了英雄，得到了鲜花、掌声和一块实实在在的全马奖牌，那是什么都无法替代的荣誉。

我从心底里为他高兴。我们相识几十年，这一路走来，跌跌撞撞，多么不易。而这次全马正是我们人生经历的缩影，不同的是，在人生的路上，石头哥总是帮衬着我；在马拉松的路上，我总是鼓励着他。情换情，心换心，我始终相信，朋友就是这样交出来的。

事后，石头哥告诉我，在全校大会上，他上台给全体师生分享了马拉松的感受。我哈哈大笑，说你真是够才华横溢的，一名数学老师，首先是写小说，把语文老师的风头抢了，然后是跑马拉松，把体育老师的饭碗也夺了。

这次汉马首马还有两个值得一提的人。一位是伍代艳，她进入马群的时候，跑得很慢，配速在 8 分以外。但她很爱，几乎每天都要在沙湖边上跑 10 公里。渐渐地，她的配速有所提升，小步快频跑得欢，一副自得其乐的样子。

汉马她报了全马，中了签。我们让她找一个老马带她跑，她说自己太慢，不想拖后腿。然后，她就独自跑完了全马，而且精神状态不错。

徐明不住地夸奖她，她就说，等哪天她跑过团长，团长就要请她吃鲍鱼。徐团长一口答应。从此，每次跑全马，就带上了一场赌局，赌注就是鲍鱼。

另一位值得一说的是我老婆。她这次报了迷你跑，13 公里。可是，赛道上，她并没有在迷你出口下来。因为儿子跟她约好，在新生路口为她加油。那里是赛道的 17 公里处，离我家只有一站路。

她跟儿子碰头之后，就下了赛道，一起回家。因为儿子下午还有一场英语考试。

她总说，要不是因为儿子有事，她完全可以跑完半马。

我说，好好，有实力，下次就报半马。

话虽这样说，半马对她似乎是指日可待，可是，不久之前，她做了个手术，必须休息半年。休息时间未满，她就上了赛道，还惦记着半马，我暗暗担心，恐怕这是一个悬念。

提前两天过生日

21

2016 年 5 月 2 日，湖北荆门马拉松。

群里发出这一消息，立刻炸开了锅。省内地市县开始举办马拉松了，交通方便，赛道环境优美，和大城市的感觉肯定不同。对我而言，更是有些小激动，因为荆门离我老家当阳只有几十公里，一种亲近感油然而生。此时不报，更待何时？

首届汉马的热乎劲儿还没有散尽，我们又趁着春日的艳阳开赴荆门。这次是徐明包了一辆巴士，大家提前一天浩浩荡荡出发。

荆门有一个漳河水库远近闻名，风景优美。我们集体逛了一圈，心旷神怡。

晚上入住酒店，发生了一段小插曲。因为第二天比赛，我们要 5 点起来，就和酒店商量，能不能将早餐时间提前。酒店方说从来没有这么早过，恐怕不行。相持不下，不知怎么就惊动了组委会，一位工作人员闻讯赶来，和酒店经理协商，最后答应早餐提前。

我们纷纷为组委会点赞。这位工作人员非常谦逊地摆摆手，说是他们应该做的。然后，他又补充说，明天一早乘公交和出租车到起跑点，一律免费，祝我们玩得开心，跑得顺心。

我们不禁啧啧赞叹，越是小地方，越是贴心。

这次我也决定做一个贴心人，带我的兄弟程琳完成他的第一个全马。

程琳比我小 5 岁，也是多年的文友，诗歌写得好，先锋小说也写得很有味道。不过后来他并没有在这方面发力，而是把自己的文字才华合理地运用到了工作当中，然后，他就从一个普通的职工成了秘书。他不仅文字能力强，头脑清醒，工作能力也强，不久，就升任了办公室主任。

这可不是一个闲差，必须眼观六路耳听八方，兵来将挡水来土掩。不过，以他的才智，应付各种场合不在话下，他每天脚不点地，忙着工作应酬，抽烟喝酒打麻将样样精通，气势如虹。

偶尔闲下来，几个兄弟凑到一起喝酒，他多半聊的就是工作上的那些事，如何如何。我和周宏贵聊的却是跑马，如何如何。他表示非常不解：好好的为什么要去跑步呢？累死累活，枯燥乏味。他大概还有些潜台词：只有脑子坏掉的人，才会去跑步。

我和周兄也不争辩，继续跑步。

有一天晚上，我和周兄正在理工大跑步，程琳的电话来了。他说刚刚下班，还没有吃晚饭，一个人在路边摊撸串，觉得没意思，让我们过去陪他。我们说正在跑步。他马上就不屑地说，跑什么步呀，快来吧，我点好了串儿，等着你们。

我们还是跑完了10公里，才过去陪他喝酒。他自然又聊起了工作上的烦心事，一吐为快嘛。是呀，其实看着他忙碌的状态，他不说，我们也知道他有多累。

直到此时，我们才看到了契机，再不劝劝他，就会稍纵即逝。

周兄先发炮："跑步其实不是你想象的那样枯燥，表面上是锻炼身体，实质上是磨炼心理。你工作压力这么大，更是需要跑跑步，来缓解内心的压力。"

程琳不语，望着我。我点点头。他就有些动摇了。

然后，周兄开始大谈跑步的种种感受，说什么我都点头。我确实对他的观点都同意，除了他让我喝酒。我酒量几近于无，不能跟他们碰杯，口口干。

光凭三寸不烂之舌，想说动程琳，是不可能的。那晚虽然聊得地动山摇，可人家照旧岿然不动。后来，真正刺激到他的是石头哥。

石头哥第一个全马跑下来之后，程琳就坐不住了。他在多个场合端着酒杯说，石头哥能跑，他也一定能跑。

光说不练假把式。程琳为了追上比他大10多岁的石头哥，就开始跑步了。他这人做什么事都是高起点，上来就海淘了一双跑鞋，顺便还帮我儿子淘了一双，都是从日本寄过来的。

我对儿子说："程叔叔送你这么好的跑鞋，你得坚持跑哟。"这话不单单是说给儿子听的，更是说给程琳听的。

程琳显然听进去了，抬脚就开始跑起来。毕竟年轻几岁，他起步状态非常好，由少到多，量的积累，训练非常顺利。

是骡子是马，拉出来遛遛。荆马就是他初试身手的时候了。

面对首马，是怎样的心情，我非常清楚。为了缓解他的紧张情绪，我就说，开始一定要慢，比平时训练还要慢一些，保持自己的节奏，不要被别人带乱了步子……他始终点头。他在我面前还从来没有这样顺服过，可见首马已经把他脑子吓坏了。

他的脚却没有坏，起跑之后，平稳，有节奏。这情形，比带石头哥轻松多了。我感觉轻松，除了对他年轻身体素质好的信任之外，还因为他这个人很自信，做事有一种摧枯拉朽的豪气，常常让旁人心旷神怡。

和他交往这么多年，是因为文学起源，但我最佩服他的一件事，是他抓住了一生最爱的人。那时，他还青涩，顶替父亲的职业来到武钢当了一名普通的工人，可他爱着一个高中女同学。人家在老家当公务员，天遥地远，八竿子都打不到。

依我的经验，这事不靠谱，多少人进城之后，都把心中的爱遗落在家乡。可他不，直接跑回老家，向人家表白。

不久，他结婚了，新娘正是那个高中女同学，很漂亮，很温柔。值！

程琳这一路走来，其实非常不易，但气势如虹。正因为有气势，他才能从一个岗位走向另一个岗位，稳步上升。

这种气势当然也贯穿到跑步中了，起跑之后，他自信满满，仿佛全马已经不在话下。半马过后，他有些吃力了，不停地要水喝。这是身体无所适从的表现，想喝，就少喝一点吧。

这时，天也凑热闹，下起雨来，还挺大，从头浇到脚，就像洗了个天然淋浴。雨来得快，去得也快，身上还湿漉漉的，太阳又出来了，晒得脸皮发疼。

淋浴过后，我们已经到了 30 公里。这里就是全马的鬼门关，果然，程琳撞墙了，一步也跑不动了，低着头往前走。

走了一段，我鼓励他再跑起来。他刚试了几步，又停下来，还是不行。我就跟他讲要咬牙要忍痛的道理，软硬兼施。可是，他软硬不吃，也不想理会我，只是埋头走路。我哪能甘休，一路跟着他，不停地叭叭，样子一定极其可笑。

其实，我忘了，他是一个响鼓，不用重锤。他如果不想跑，就算我口舌讲干也没用；他如果能跑，还用我多说吗？果然，快到 40 公里时，他突然活了，双臂一抬，向前跑起来。

最后 3 公里，我们一直在跑，在关门时间内跑到了终点，净成绩是 5 小时 28 分 58 秒。

真的非常了不起！我为他高兴之余，又备感愧疚，向他道歉说我不该一直对他叨叨。

此时，他已经缓过劲来，拍掌大笑，说：“如果没有你的叨叨，我就坚持不下来！”

好吧，两不相欠，扯平了。剩下的就是庆功宴。

本来每次跑完马拉松，我们都会就近聚餐，然后再撤。所以，在荆马完赛之后，我们当然少不了吃一顿。意外的是，在聚餐进行到一半的时候，徐超突然端出一个生日蛋糕，朝我走来。我一头雾水，定眼一看，蛋糕上写着我的名字。

天哪！什么情况？我马上想起，我的生日是 5 月 4 日，应该是两天后呀。

徐超说："借大家聚会的机会，就提前两天给你庆祝生日了。"说着，他看了一眼徐明，徐明点了点头。

我还能说什么呢？戴上皇冠，一起嗨皮吧！

在感动漫溢之时，我也有许多感慨：跑步确实改变着我们每一个人。

徐超刚进群的时候，烟酒牌都来，也不怎么关心别人。可是，就这短短几年，他完全变了，烟不抽了，牌不打了，酒适量了，更主要的是他变得非常关心我们的群体。每次赛前，他就张罗着帮大家打印领物单，并不断提醒大家带好身份证复印件。赛后，他又把每个人的成绩表打印出来，过塑。群里有人过生日，他总是记得准确，并会趁拉练的机会，拢成一堆为他们庆祝。现在，他已经是我们群名副其实的秘书长了。

徐超在我们群是跑神级别，现在，他也不追求自己的成绩了，而是慢下来，带着别人一起跑。我老婆就说过，徐超带着跑，最舒服了。

徐超不光会带跑，还有意想不到的创举呢。那是宁夏银川马拉松，九妹也去了。九妹是娇贵女，爱跑步，又怕晒，跟太阳有仇。

上了赛道，长衣长裤，再戴上遮阳帽，该捂的都捂严实了，可是脸怎么办？

别担心，徐超撑了一把遮阳伞，紧跟在九妹左右，一直跑完了全马。想想，这是人干的事吗？只有男神才干得出来呀！

想到这些，我就开心。不光是为自己的生日，更是为我们这个群。黑冷马群就像一座熔炉，每一个进来的人都在被冶炼，被提纯。

睡狮醒了

22

“这睡狮渐已醒”，大家可能都知道这是《霍元甲》里面的一句歌词。可是，你们知道睡狮醒了是什么后果吗?

老婆手术之后，医生叮嘱要谨慎运动。头两个月，老婆还能忍受，在家里静养到能够下地走动，然后，就要出门，下楼走路。在楼下走了几天，脚板就发痒，要跑，说慢跑试试。

试试就试试吧，我还能把她的脚绑起来吗?试了几天，她又说楼下不过瘾，要到沙湖边去跑。好吧，去可以，悠着点。

悠什么呀，到了沙湖就收不住脚，一抬脚就是10公里。跑步记录发到群里，大家都吓坏了，不停地劝她先别急，等一段时间再跑。在众矢之下，她终于收敛了一些，每次以5公里为限，解解馋。

可是，等到了汉马赛道，本来只是个迷你跑，她却不下赛道，跑到了约莫17公里，还说:“感觉好着呢，如果不是儿子在路边拦住我，我真想跑个半马呢!”

好险！看来得感谢儿子。

可是，儿子也只能拦她一次。那次之后，她信心陡增，完全把医生的话甩到了脑后，任群里谁劝也不听了，全面开启训练模式，每次以 10 公里为下限。

我当然是她的铁杆陪跑，每次想劝阻，她就很不解地盯着我，说：“我可是要为你长面子呀！”

这话有因。前不久，群里又闹开了，要报哈尔滨马拉松，那是我大学 4 年泡过的地方，同学们都非常激动，带动了整个马群的气氛，大家纷纷跟进。一查时间，是 2016 年 8 月 28 日。那时，儿子高考也结束了，报吧，干脆把儿子也卷进去。于是，一家三口，第一次全部报名，我是全马，老婆和儿子是半马。

有了这个目标，老婆自然就有了压力。她还没有真正完成过半马，心里确实没底，除了训练，还能怎样？

训练就得有个训练计划吧。可人家没有，或者说，人家的计划就是，天天跑。这个我哪受得了，每天吃完晚饭，我就进厨房洗碗，磨磨蹭蹭，恨不得把碗底洗穿，把时间耗干。

客厅里，老婆已经喊起来了：“你到底想不想跑？不跑，我自己去了。”

看来，没有什么能够阻拦她跑步，算了，还是赶紧把最后一个碗放进柜子，陪她跑吧。让她一个人跑，我更不放心。

上了沙湖跑道，我就跟在她旁边，不停地讲道理：跑慢一点，让自己感到舒服，最好能够交谈；隔天跑一次比较好，每天跑会疲劳，容易受伤……

“你先回家吧，我自己跑。”老婆耳朵里根本是风沙不进。

我还能说什么，只能默默地跟着她跑。

这种跑法，不光是我受不了，她其实也够呛。好几次，她都说伤口隐隐作痛。我敏锐地捕捉战机，认为此刻该上劝了。可我嘴巴才张到一半，她就伸出手制止了。

“明天正好可以休息。”原来她早有打算。

明天她上白班连夜班，当然不能跑了。幸好还有个夜班，否则，就没有什么能治得了她了。

此时此刻，我不由得想起当初，老婆是多么痛恨跑步。我刚开始跑步的时候，也想拉她一起跑，可是，只要一开口，就会遭到她的轰炸，跟现在试图阻止她跑步的效果是一样一样的。我不禁扪心自问，我这样苦苦地把她拉进跑步的队伍，真的好吗?

答案当然是肯定的。只是，只是，我还需要一些时间，我相信只要我有足够的耐心，总有一天，我会劝服她，就像我当初劝说她跑步一样成功。

可是，随着时间的推移，我发现效果并不佳，或者说，根本没效果。日复一日，跑步已经成了她的习惯，一天不跑，就像缺了什么。

我笑话她，说跑步也会上瘾。她正经回答，说没错，运动会产生多巴胺，时间一长，身体就会依赖。

嚯，还真有科学原因了，难怪我用绳子都拉不住她呢。拉不住她事小，问题是天长日久，我倒被她拉得腿脚乱窜。

对于跑步，我已经过了兴奋期，不再想追求配速，也不考虑跑量。跑步已经成了我的一种习惯，我想要的是自由自在，随心所欲，这也正是我爱上跑步的真正原因。如果跑步成了一种科学、一种规则甚至更多有用的目的，那对我都将是一种束缚，其结果正好与我的初衷相背。我真正的想法就是，要让跑步成为无用，就像写作，就像读书，都是无用的，但我这辈子就是在这几样无用之物当中周旋，流连忘返。

话到这里，不妨往前多说两句。我根深蒂固地认为，生命之所以珍贵，不在于获取了多少，而在于感知了多少。从生到死，是每一个生命在时间地图上的必经之路，这一路上，我们如果只忙着收获，忙着索取，其实就忽略了生命真正的使命。只有慢下来，静下来，要么矮下来，或者干脆超离出来，一个生命的感知力才能增强，也只有这个时候，才能尝到生命的汁儿，而不是膨化鲜艳的速食。

我能控制我自己，但对于老婆，我是无能为力的。对于她，我遵循另一个原则：尊重是最好的爱。

她爱跑，就让她去跑；不光让她跑，我还要陪跑；我不光陪跑，还要不带勉强全心全意乐此不疲的样子。

我以为她过了兴奋期，就会慢下来懒下来。可事实大大出乎我的意料，几年如一日，她跑步的热情有增无减。第一个半马被她拿下，然后，一个接一个的半马成了她的囊中之物，甚至于平时拉练，她也动不动就搞个半马，最后，她终于起了报全马的心。

我忽然想起多年前府东兄送我一本书，他在封底用钢笔写了一句话：耗子腰里别了把枪，起了打猫的心思。

心思就是这么滋长起来的，腰里有了硬家伙，谁还拦得住？

这些话放一下，后来再说。先说老婆为什么痴迷跑步，我稍一留神，发现她有几大乐趣。

一是在群里打卡。就是每次跑完步，把记录发到群里，这时，群友们就纷纷给她鲜花、鼓掌、大拇指。随着时间推移，她的能力越来越强，每次打卡也更引人注目。九妹看着看着，就不甘心只献花了，还献上了外号。因为老婆最初每次打卡都是10公里，九妹就叫她“抬脚十”，别说，还真有武侠片里某个怪招传人的味道。后来，老婆经常跑15公里，九妹就叫她“抬脚十五”。再后来，老婆拉个半马发上去，九妹就叫她“抬脚半马”。就像集邮一样，外号已经攒了一整套，就差最后一枚：抬脚全马。这大概就是她的心病。

二是拍照，发圈。每次跑完步，她都要拉着我一起来个自拍，和着悦跑圈里隔三岔五的勋章、奖牌，就能发个朋友圈。发完之后，第一件事就是质问我，为什么不给她点赞。我马上解释，还没有看手机。当然，我不能耽误，得马上拿起手机点个赞，才算完。

若是遇上鲜花盛开的季节，那是最好，沙湖边成了花花世界，一步一景。我们的跑步顿时变成了摄影，当然，不能只照鲜花不照人，一名合格的摄影师是要把花和人取到同一个框里的，还要捕捉最佳瞬间，因为花总是开着的，人的眼睛就不一定了。

有了花的陪衬，朋友圈也美得不要不要的，点赞人数陡增。老婆会兴奋好几天，冷不丁就蹦出一句话：“已经超过 100 了，我可没有拉他们点赞哟，是他们自己点的。”

花儿开了总会谢，叶子绿了总要黄。没关系，还可以等，往冬天走，没有鲜花绿叶，恰逢漫天冰雪也是极好的。武汉的冬天抽风，下了几天暴雪，积雪一尺多深，别说跑步，就是走路都困难。可老婆坐不住了，拉着我到沙湖边来跑步。

跑道都找不到，往哪里跑？没关系，主要是照相。好嘛，数九寒冬，穿着一件单薄的运动服，来到冰天雪地沙湖边，只为摆造型照个相，叫那些围着火炉抱着暖气的人情何以堪？

我也管不了那些人的情了，只为尊重老婆，我毅然决然地跟随着她，来到雪地里，拍拍拍，一通照，直到她满意了，我们才开始跑步。当然，这也体现了她大慈大悲的同情心——再不跑，我都要冻成冰了。

我成冰成水有什么关系，她的圈发好了就行，哦，还不行，得保证点赞超过 100 才行。

第三大乐趣就是跑量。老婆是比较晚进入群的，又经过一次手术，跑量自然处于垫底状态。她一度非常自卑，说再这样下去，迟早会被团长从悦跑圈里踢出来的。我说他敢，我的跑量也不算多，在平均数之下，团长曾经也想踢我，可能是担心我踢他的屁股吧，最后放弃了。他要敢把你踢出圈，我们一起踢他的屁股。

我的安慰并没有让她安于现状，她开始靠自己的双脚说话，一步一步地追赶。有时候，跑着跑着，悦跑圈出毛病了，少记了公里数，她就会非常焦躁。我劝慰她，说手机记录只是表象，你只要跑了，都不会白费，你跑了多少，心记不住脑记不住，但脚会记住。

这话够味儿吧。可老婆白眼一甩，举着手机说："我的跑量呀！"

老婆非常在乎跑量，望着跑量渐渐上涨，比看到银行户头上的钱上升还兴奋，两眼放光。一天晚上，我们跑完步往回走，她突然喊了起来："我只差冷不丁 80 公里了！"冷不丁是我们群里的跑神，在银行工作，也许是忙着账户上的钱，忽略了跑量。

80 公里算啥，没过几天，她就宣告，她已经超过冷不丁了。脸上的骄傲让我只想给她开个庆功会。

她根本没工夫庆功，又埋头寻找下一个追赶目标去了。

曾经一度，我还有些后悔，真不该把这睡狮叫醒，劝她跑步似乎是个错误。可是，随着时间推移，我明白了，这样不也挺好吗？

她痴迷跑步，我就陪着她，只要我不发痴就好了。

25 年梦中跑

23

我 1991 年从黑龙江商学院毕业，扳着指头一算，2016 年正好是 25 年。这次，我们黑冷马群挥师北上，来到冰城相聚，正是这个原因，当然，也是冲着哈马。

黑商现在已经改了名字，叫哈尔滨商业大学，除了道里区的老校区，还在太阳岛建了一个新校区，现代、漂亮自不必多说。但我们还是住在了老校区门口，因为这里保留着我们全部的记忆。

踏进老校，一切都是那么熟悉，或者说几乎没有变化。足球场还是那么光秃秃的，被脱了漆的铁栏杆围着。这是我们和足球玩命追逐了 4 年的地方，如果让我回忆大学时光，毫无疑问，铺满脑海的就是足球。

和足球场隔一条路，就是我们的宿舍，也是一成不变。还有教学楼、实验楼、图书馆，完全是老样子。一定要说有什么变化，就是食堂旁边的一座新教学楼已经投入使用了。印象中，从我们入学，教学楼就开建了，一直到我们毕业，也没有完工。当时，我们曾恨恨地指着它说，如果毕业还不完工，就将它爆破掉。

新教学楼总算是投入使用了，不过，已经是25年之后。我来到这里，真的宁愿看到它还在建的样子——有本事，你就一辈子建下去。

其实它建与不建都已经不重要了，重要的是校园依然如故，让我时不时会产生一种错觉：这到底是25年之前，还是25年之后。就像一个人活成了老妖精，谁也猜不出他的年龄，别人叫他哥哥、叔叔、爷爷，都是一样，随便了。

我却不想随便放过错觉，时光恍惚，我不能恍惚，我要认真追问一下此时此刻的自己。

25年过去，同学们都有了天壤的变化，当官的已经到了高位，经商的已经金银满柜，而我在干什么？似乎直到这时，我才回头看清来时的路，那一路上，我就像一个贪玩的孩子，在放学的路上玩着一堆积沙，忘记天色已晚，忘记了回家。

没错，我就是个贪玩的孩子，在文字和书籍里游荡，根本没有心思去当官去赚钱。换句话说，我玩得很忙，没工夫去争取成功的人生，你信吗？

反正我信了。我不认为当官赚钱是成功，甚至我不认为人生有什么成功，只有喜欢。做自己喜欢的事，才是生命的最高境界。当然，为自己喜欢的事而去做不喜欢的事，就是忍辱负重、百转千绕，那叫使命，是值得的。

但是，喜欢是虚无缥缈的，是脆弱的，在现实面前往往不堪一击。比如现在，我为自己喜欢的事投入了25年，猛一抬头，才发现自己似乎一无所有。

我这样说，并不代表我后悔了，恰恰相反，我很庆幸。就像跑马拉松一样，有些人说自己跑进了4小时，有些人说自己跑掉了10公斤，而我似乎什么也没有得到。但我知道这并不是真的，只要跑，就一定在得到，得到了什么，也许别人都看不到，只有自己知道。

那么，在人生的跑道上，这逝去的25年，我得到了什么？看了一堆无用的书？写了一些不赚钱的文字？或者说修得了沉静自由的心？这些话一出口，多半会成为笑柄。因为也许没有人跟你谈这些，大家更愿意看的是真金白银。

还好，我有个儿子，这次带来了，就像是命中注定。25年之后，我的儿子正好长到了18岁，高中毕业，正是我当年进入大学的年龄。他就是个铁的佐证，证明25年我没有白白虚度，也证明25年已经真真正正地过去了，因为我的儿子已经年满18岁，正如我当初的年龄。

现在，儿子就陪在我身边，走在校园里。他冷不丁飙出一句话："你这里好像还不如我们中学校园。"

一语惊醒梦中人。儿子站在现实中，审视着我的校园，很客观地给出了评价。但我没有沮丧，没有自卑，我仍然一丝不动摇地爱着这个校园——我终于相信"儿不嫌母丑，狗不嫌家贫"这句话是真的了。

好吧，既然母校没有什么可夸耀的，咱们就谈哈马吧。哈马的气氛是一流的，哈尔滨素有东方的小巴黎、亚洲的莫斯科之称，言下之意就是洋气。赛道上最独特的风景当数成群的俄罗斯美女，个个美艳绝伦，再加之训练有素的表演，夺人眼目，让疲惫不堪的跑者瞬间热血复活。

经过之处，我当然也会多瞄两眼，但我的注意力并不在这些俄罗斯美女上，因为她们并不是哈尔滨的特产。印象中，哈尔滨最特色的是红肠，那时，大街小巷的食杂店都有售，特别是冬天，踏过厚厚的积雪，钻进一家小店，喊声“红肠”，从头到脚都暖和了。

南方人很难想象，哈尔滨还有一大特色就是雪糕，而且是在冬天才走俏。冬天的街头，卖雪糕的都不用保温箱，直接用一个纸盒子摊开，零下十几摄氏度，等着人来买。最开始我还以为这是姜太公钓鱼，后来才发现，愿意上钩的竟然成群结队。

高旭有个高中女同学高峡在哈军工就读，常到我们宿舍来玩，和大家关系都很亲近。有一次，高峡和高旭打赌，吃 50 根雪糕。高峡眼睛眨都没眨，站在雪地里，把一纸箱子雪糕吃了个底儿朝天。这是一个经典战例，高峡一战成名，从此无人超越。

哈尔滨有特色的饮料是格瓦斯，摆在赛道旁边倒是可以理解，但是，啤酒也摆出来了，这多少让人有点吃惊吧。边跑步边喝啤酒，这样好吗？但如果你知道哈尔滨的啤酒是全国销量第一，就不会问这种幼稚的问题了。

遥想当年，我们下馆子，啤酒都是成箱成箱上。这样吹，并不表明我的酒量有多大，恰恰相反，我没有量，全班男女生都算上，我是最差的那一个，一瓶就倒，屡试不爽。

可是，有一次我总算是喝出去了。那是我20岁生日，宿舍8个兄弟一起下馆子庆祝，高峡也到场了。那次喝的是扎啤，一次就是一大杯。那一杯跟一瓶差不了多少，所以，一杯下去，我就觉得天旋地转，连连摆手投降。兄弟们再要跟我喝，我都一律拒绝。

高旭使坏，让高峡跟我喝。人家一个女生，从外校赶过来，举着杯子到了眼前，我能不喝吗？好吧，就喝一个。万事开头难，喝了一个，就不愁下一个。于是，就上演了一场我和高峡对喝的大戏。

高峡是何等女侠？50根雪糕的量，我哪里是她的个儿？戏没唱完，我就直接断片了。后来，我是怎么回到宿舍的，一无所知。

一路上，我就断断续续地想着这些往事，感觉自己是在往回跑，顺着时光的跑道，也许能一直跑回25年前呢。

可惜终点不在25年前，而是太阳岛。接近终点的时候，马群一大帮人碰巧相遇，于是，我们就一起手拉着手，定格了哈马的最后一刻。那张照片成了永远的经典，不可复制，从左到右是：高旭、周宏贵、九妹、我、李峰、高峡。

到达终点之后，我们没有急着离去，而是找个树荫坐下，等小广到来。

我们班有两个广东人，大广个儿高人帅体育强，是校足球队守门员、校篮球队前峰。小广个子小，跟我差不多，但身体素质好，是我们班足球队的铁后卫。毕业以后，不知怎么搞的，他的心脏出了点问题，做了搭桥手术。我们开始跑步之后，也把他们俩拉进了黑冷马群。渐渐地，他们都开始练起来。小广似乎比大广要勤奋得多，打卡一天比一天惊人，终于，这一次哈马，他报了全马，要挑战一下自己。

等待的时候，高峡给我们挨个做了拉伸。她做拉伸很专业，让我们酸疼的腿脚很快就得到了缓解。记得有一个瞬间，我平躺在地上，高峡扳着我的腿往下压，我差点问出一句傻话："你真的是25年前的高峡吗？"还好，我没有犯傻，忍住了话头，努力不让自己走神，专心享受拉伸，真的很舒服。

我们在这里很舒服，群里却乱了。老婆终于完成了第一个半马，兴奋得忘乎所以，直接上摆渡车走了。儿子因为平时没有训练，这个半马跑得非常吃力，到达终点时，腿脚都伤了。他惨兮兮地四处张望，想找妈妈，却连影子也没有了。还好，六六正好在，就帮着把儿子捡回来了。

望着群里的乱象，我没有说话，但在心里祝贺母子，双双拿到了第一块半马奖牌。对于初级跑者，有什么比奖牌更可喜的呢？

还有一个初级跑者小广，这时正朝我们走来。我却没有看他的奖牌，而是看他的脸色——虽然疲惫，但还算自然——这就是最大的奖赏。我相信那一刻，大家都跟我一样，为小广能够完赛而高兴。

小广一直都是我佩服的人，无论是当年足球场上的铁后卫，还是现在全马赛道上的跑者。一个人一旦拥有了一种精神，就会深入骨髓，相伴终身，不到灰飞烟灭，决不会消散——这就是我从小广身上看到的。

血指甲

24

坚持是一种精神，有时也是一种危险。

2016 年 10 月 23 日，宜昌举办首届马拉松赛事，在青马团的组织下，我们纷纷报了名。

十翼是宜昌人，负责打前站，订下了住宿和聚餐的地点。十翼确实有宜昌人的风范，话不多，踏踏实实地跑，配速渐渐提升，又有一副热心肠，乐意为大家提供优质服务。他为大家预定的桃花岭酒店环境优美舒适，价格便宜。

我是当阳人，当阳属于宜昌地区，所以，这次听说宜昌也有马拉松了，倍感亲切。可是，临近比赛，我却发现无缘参赛了。

10 月 22 日，我还在郑州搞活动，下午进了最后一所学校，非常疲惫，准备好好休息一晚，第二天一早返回武汉。这时，程琳的电话来了，他那欢快且永不疲倦的嗓音闯了进来：“快来呀，跑宜马！”

“我还在郑州呢。”

“郑州离宜昌很近嘛。”

“我的腿有伤。”我没有说假话，前两天打羽毛球，大腿拉伤了。

“你先过来，能跑多少是多少。这边房间给你留了，装备给你领了，你看着办吧。”

一个曾经对跑步不屑一顾总拖我后腿的人，现在热情百倍地劝我去跑步，我好意思拒绝吗？先不谈意思，就冲着兄弟情义，我也得去呀。于是，我收拾行李，连夜赶到宜昌。

夜幕黑，灯火亮，我走进桃花岭大院，远远就看见程琳站在那里。灯光下，他是一张剪影，看不清表情。就因为这张剪影，我下定了决心，宜马一定要跑。

程琳报的是半马，我是全马。第二天一早，又是风又是雨，一夜进入冬天的节奏，而且半马和全马起跑点不在一起，我们就只有各跑各的了。

赛道有很大的上坡和下坡，折腾几次，我就感觉腿脚受不了了，拉伤处鼓胀着疼。停下来，还是继续跑？我犹豫着，最后选择了后者，简单地认为这样就是正确。咬紧牙关继续向前跑，疼痛慢慢消失了，取代的是麻。麻并不比疼好受，隐约会有抽筋的感觉。在这种状态下，我跑步的姿势就有些古怪，一瘸一拐，好像鞋里进了石子。

总算挨过了半马，我马上把前面 21 公里从心里抹掉，一切从零开始，再来一个21公里，一切OK。小算盘打得啪啪响，可事实不是这样。没跑多远，伤腿又开始抗议，这回不是麻，是肿胀。

我抬头望了望，正跑在高速公路上，折返的人群正从对面跑来，只隔着一道绿化带。忽然，我看见青马群里的一匹快马，正折返过来，就冲他挥手大喊："你多少公里了？"

"35。"他短促地回答，以不变的节奏跑远了。

我心里顿时凉了半截。就在刚才，我还眼睛一亮、心头一喜，以为自己和快马差距不大呢，现在我才到25公里，一个折返就相差了10公里，真是让人绝望。

我停下了脚步，不想跑了，还不停地回头张望，看有没有收容车。没有看到收容车，看到了黑暗跑者。

你听说过黑暗跑者吗？那时，我也没有听说过，是后来才知道有黑暗跑团，里面的跑者都是盲人。对，就是一个盲目跑者，被一个明目跑者用一根黑布带子牵引着，以平稳的节奏向我跑来。如果不仔细看，根本不觉得有什么异常。我是先看到了那根黑布带子，心里疑惑，才发觉其中的秘密。

我呆住了，定在原地，望着他们从面前跑过去。他们的背影渐渐远去，我在心底问自己：你还绝望吗？就那么一点点伤，能要了你的命吗？

我浑身抖了一下，像注入了一剂强心针，瞬间恢复了力量。跑吧，跟在他们后面，尽管我无法猜测跑步对于一个盲人意味着什么，但我能从他们平稳的步子中感觉到他们内心的坚定。这种坚定是多么可贵，我们终其一生，上下求索，想要找到的不就是内心的坚定吗?

我也要坚定一回，跑下去，不再三心二意。于是，我排除杂念，向前跑。当然，我没有跟上他们，最终，我以4小时51分51秒踏过了终点。这个成绩不算好，但我已经尽力了。

程琳早就完成了半马，在终点等着我。见我跑成了残疾人，他连忙帮我拿包，搀扶我就要往住处走。我推开他，强忍着疼痛，拿着奖牌，摆出造型，让他给我照张相。他马上拿出手机，对着我，让我笑一笑。我听了他的，咧嘴一笑，于是，宜马就定格了，是一张喜气洋洋的脸。

回到房间洗澡，一脱袜子，我完全吓呆了。右脚大指甲全部充血，惨不忍睹。在此之前，我的脚还没有明显地受过伤，高旭每次跑步都抱着自己的脚喊疼叫痒，我还非常不解。这一回，我信了。

信了，也迟了。这一回，付出了沉重的代价。回汉之后，相当长一段时间，我都无法跑步，除了血指甲，腿伤也明显加重，若不养好伤，后果可想而知。

对于一个跑步的人，养伤就是最痛苦的事。换句话说，不让他跑步，就是对他最大的惩罚。在接受应有的惩罚时，我慢慢开悟了，跑步最重要的是什么?不是成绩，也不是快乐，而是安全。

痛定思痛，我下了决心，以后无论怎么跑，我都要守住底线，保证安全。

这次宜马还有一件事值得一提。按照惯例，青马团跑完步之后，在宜昌预定的饭店聚餐。这一次，请来了一位稀客：天津老唐。

天津老唐的事迹在圈内广为流传。就在 2016 年上半年，他从天津出发，连续 114 天，每天至少跑完一个全马，一直跑到了西藏。这是什么样的人呀？想想脚板心都疼。

我们群里，谁要跑个背靠背，就成偶像了。天津老唐这种跑法肯定不能叫背靠背了，应该叫叠罗汉，一百多个罗汉叠加起来。我们只能仰望，不敢模仿。

跑神在此，大家纷纷上去和他照相。我却躲得远远的，没敢上前。不是因为腿脚疼，走不动；而是觉得实力差距太大，仿佛不在一个星球，就不敢靠近了。

同样是跑步，人和人的差距咋就那么大呢？哈哈！

四连号

25

宜马伤了腿脚，本来应该好好休息一段时间，可咸宁马拉松又来了，就在 11 月 5 日，相隔不到半个月。

咸宁离武汉近，开车只要 1 个多小时，所以，黑冷汉马跑团成员报名都很积极。老婆之前已经在哈马征服了半马，劲头正足，要在咸宁再试一个半马。此情此景，我是不忍心阻止她的，最好的选择就是隐藏自己的想法，举双手表示支持。

支持不能光举手，还得有实际行动——跟她一起报名。当然，我也报了个半马，算是折中吧。

老婆不仅拉着我报了名，转头又把她二姐拉上了。老婆家总共 5 个孩子，清一色的女儿，号称“五朵金花”，老婆排第四。

二姐贺月娥本来就是个运动狂人，之前打羽毛球、游泳轮换着来，几乎不停歇。她看见我们在跑步，也跟了进来，加入跑团。自从跑步之后，她就极少打球游泳了，几乎把全部的运动都集中在跑道上了。因为练得勤，虽为后来者，但很快赶上，她的第一个半马是在哈尔滨完成的。

完成了第一个半马的人，大概心情也相似吧，所以，她们一拍即合，欢呼雀跃，把出去参赛当作了过节。

欢欣鼓舞，只等出发。临出发时，老婆告诉我，青草要一起去玩。

青草和老婆在同一所医院工作，以前住在同一个小区。她是羽毛球群的发起人之一，我和老婆都是在她的热情邀请下开始打羽毛球的。那时，她带着我们南征北战，到处去打比赛，我们虽然都是野路子出来的，但只要上了赛场，都是名副其实的战士。

我们搬到新小区之后，联系就少了。但羽行群还在，这是我们以前的羽毛球群，在群里，我能看见她们的动向。她们也不常打羽毛球了，改打气排球，再搭配着徒步，群名也改成了“羽行气排”。今天，她要跟我们跑团去玩，我当然欢迎。

只要往河边走，就会打湿脚。都以为她只是来看看热闹，可是，到了咸宁，事情就有了转机。程琳报了名，因为工作脱不开身，让人代领装备。我一看，就来了灵感，直接从程琳的装备里取出了号码布，塞给青草，说：“正好，你可以试试。”

青草愣了半天，才问：“我，从来没有跑过，行吗？”

旁边的跑友起哄，没有一个说不行的。

我安慰她，说：“没事，明天我陪你一起跑。”

毕竟是老友，我说了这话，她似乎就信了。

第二天一早，都要上跑道了，青草似乎又有些犹豫了，明显是信心不足。这时，她的中学同学伙哥也在道旁为她加油，不停地叮嘱："跑个5公里就下来，别硬撑……"

我听这话，就跟泄气差不多少。于是，我向伙哥挥挥手，说："你放心，到终点去迎接我们吧！"说完，就和青草往起跑线去了，不让伙哥的话追上来。

发令枪一响，人群就向前涌。我把速度压下来，尽量慢。说实在的，我心里也没底：青草从来没有跑过步，我就带着她跑半马，这是不是有点二？

还好，赛道很宽，迎着朝阳，我不停地说着一个字：慢。

青草也许是看出了我的担忧，就反过来宽慰我，说："你放心，我耐力还可以。徒步的时候，他们两三个小时就垮了，我没事儿……"

听她这么一说，我信心陡增，马上制定完赛方案：好，不要追求速度，只要按你舒服的节奏跑，实在不行，就走一走。21公里没有想象的那么可怕，只要向前，一切都不是事儿……

"我太慢，会不会被关在门外呢？"她担心不能在3小时之内完赛，那样，就拿不到奖牌了。

我马上又开始计算配速，让她放心，以她现在的速度，完全可以在规定时间内赛完。

边跑边交谈，恍惚间，我又想起了以前的好多事情。那时，我们小区一群朋友组建了一支羽毛球队，青草任队长。她带着我们出去比赛，对我们点点滴滴照顾得都很周到，让我们这个群体像一个大家庭，欢乐又温馨。

可是，我这人一根筋，上了赛场就较真。记得我跟青草配混双时，我常常会指责她：动作太慢，上网意识不强，拍子要举起来、举起来，不要对着人打，打空当、打空当……

青草很有大姐风范，无论我怎么说，她都不急眼。其实，每次下了球场我就后悔，不该那样大呼小叫，让青草下不了台。可等下一次上场，我又控制不住自己那张臭嘴。就这样反反复复间歇性发作近10年，青草受了多少委屈，我都不敢细想。所以今天，是个机会，我要把这些都补回来。

一路上，我让青草只管跑。遇到补给站，我就过去帮她拿补给。这样，她既可以节省体能，又可以保持稳定的节奏。因为跑步最重要的是节奏，节奏一打乱，就会非常吃力。

可是，光靠节省是不够的，因为她没有过跑步的训练，缺乏与之相关的各种身体储备，所以，过了10公里，她就明显感觉力不从心了。

那就走吧。我们走了一段，再跑，再走，再跑，渐渐地，过了15公里。这时，她的体力完全不行了，每一步都在拖。放弃吗？明智，但不甘心。而且，她也没有半点要放弃的意思，只是埋头向前，痛苦万状。

此刻，再多安慰的话鼓励的话都不管用了。我知道这种感受，身体已经痛到麻木了，已经不属于自己了，完全靠毅力支持。

我能帮什么呢？细细一想，还是节奏。于是，我大声喊口令：一、二、一，一、二、一……

这一招果然有效，她抬起了头，有了精神，似乎被口令喊醒了。喊醒的不光是她，一路上的有些跑者也用上了这一招，一起喊口令，在口令中找到节奏。

但是，一个口令并没有那么神奇，只是提了一段时间的神，很快，就不管用了。可能是我用力太猛，青草感觉耳朵受不了了，只想躲。

最后，她掏出手机，递给我，说："放音乐吧！"

这就是青草，她不会直接批评我，而是绕弯说，给我面子。我当然明白，停止叫喊，接过手机，播放音乐。

手机音量太小，尤其在户外跑步，很难听清。我就把手机举起来，贴近她的耳朵，让她能够听清。

音乐确实是力量的源泉。就在音乐声中，她又找到了自己的节奏，虽然比开始慢了许多，但还在跑，这就很了不起了。

终点在一步步接近，时间在一点点流逝。她突然说："时间还够吗？"原来，她一直惦记着 3 小时关门时间。

我看了看时间，参照目前的配速，告诉她："只要我们不停下来，就按这个速度跑，肯定够了。"

她抬头一看，我们已经到了 19 公里处。于是，她下定了决心，不停了。

我不知道她是过了疲劳极限，还是内心有超强的意志，剩下的时间，她一步也没有停。

终于，我们在关门之前到达了终点。

那块奖牌对她显然是个惊喜。我却在想，我居然带着一个从来没有跑过步的人，一抬脚就完成了半马，这算不算是个奇迹？

真正的惊喜还在后面。完赛之后，我和青草休整了一下，找到了老婆和二姐。她们看到青草面前的奖牌，都跳跃着过来祝贺。四人站到一起，我们惊奇地发现，我们的号码是连号：二姐是 H1055，老婆是 H1056，我是 H1057，青草是 H1058。

网上报名都是随机的，这种巧合让我们欣喜若狂，好像这才是上天最好的奖赏。

上天确实是有安排，10 多年前，青草带着我打羽毛球，现在，我带着她跑步。转来转去，总会转到一起，这大概就是缘分吧。

我是相信缘分的，有时和朋友喝酒，脸红耳赤之时，还会说出心底的秘密：我信命，一直都信。朋友就望着我笑，显然既意外又怀疑，认定我不会像个迷信者那样信神信鬼，因为平时，我常说的是另一句话“我只相信行动”。在我看来，缘分也好，命运也罢，都不是神鬼所赐，而是自己人品的积累，所以，真正的命运之神不是别人，正是自己。这和行动主义者也并不矛盾，因为行动正是人品直接的体现。

我感谢缘分让我拥有那么多友善的朋友，也明白这是命运对自己的奖赏。

写作恰似马拉松

26

黄石磁湖半马将在2016年12月24日鸣枪，与咸宁马拉松相隔有一个多月，中间可以抽空休息养伤了。

你没有听错，我们又报了黄马。那时，武汉周边的各地市马拉松刚刚兴起，近水楼台岂能错过？我们见一个就喊一嗓子，然后，一起报名。

跑步怕受伤，更怕中断。所以，养伤的那几天，没有一刻是安心的，虽然告诫自己不能跑，但走一走总是可以的吧？于是，每天晚上就到沙湖跑道去散步。

那里是一个跑者集中的地方，我在散步，身边不时有人跑过去跑过来，直勾得我脚底发痒。幸好我有超强的自控能力，咬牙忍了约莫半个月，感觉腿伤也好得差不多了，于是，脱掉厚重的冬装，加入跑步的行列。

休息半个月，对于一个跑者就是毁灭性的，身体发胖不说，其他指标都迅速下降，几乎归零。所以，我重新站到跑道上，觉得脚特别沉，呼吸特别重，整个身体都不适应了。我只有放慢速度，减少跑量，跑个两三公里，就收兵。

第二天再来，要么还是 3 公里，要么加一点量。这样，一天接着一天，身体才慢慢缓过来，终于找到了跑步的感觉。这时，跑个 10 公里都觉得轻松自如，但我不多跑，就巩固 10 公里，而且不用天天跑，采用隔天跑，或者一周两到三次，以此来保持状态。

休息以后重启是如此费力，我已经深有体会。费力的又何止是重启呢？其实，每次跑步，前两三公里我都会感觉吃力。因为那时身体还没有打开，不能适应陡然增加的强度，就会感到脚重气急。等 3 公里一过，身体就慢慢适应了，人就感觉舒服多了。尤其过了 5 公里，身体会感到特别爽，真以为自己会飞起来呢。

别飞，老马叮嘱过我，说这时是最危险的，你感觉自己有无限的力量，其实只是错觉。一旦盲目加速，超过肌肉真实的承受能力，等待你的就是受伤。

十伤九快，这个理儿我懂。受伤是什么滋味，我也尝过。所以，我脑袋里慢慢滋生了一个念头：慢下来，我不是专业跑者，也不是靠跑步挣钱吃饭，那么，一个全马跑下来，快一个小时慢一个小时又有何干？我的目标是跑，一直跑，跑到 80 岁还能跑，90 岁还能跑，最好能跑到生命的尽头。

如此一想，我就心安理得地慢了下来，并不断地劝身边的跑者慢下来。不管别人怎么看，我都认为，这一刻，一定是我跑步生涯的一个里程碑。从此，我知道自己跑步时应该保持一种怎样的心境和状态。

当然，我说的这个慢，对不同的人是不一样的，配速适合自己就好。跑步如此，做人做事也是如此，写作当然也不例外。知道自己的长处，承认自己的不足，一切坦然面对。接受自己，才是真正的成熟。

我在谈跑步时，其实常常想到的是写作；我在写作时，又不由得会联想到跑步。在我看来，跑步和写作有太多相似之处。如果把写短篇看作短跑，那么，长篇创作就是马拉松。

每一场马拉松的开头都是不易的，前两三公里非常吃力，我必须咬牙坚持，排除杂念，才能渡过难关。

每一部长篇也是从头开始，经过前期的酝酿，有了灵感，来了激情，于是忍不住动手了。正常情况下，前一两万字是很投入的，也很顺利。但是，之后就感觉激情耗尽，头脑干涩，甚至卡壳。这时，闪现的念头当然是放弃。

我当然不会放弃，要不，早就改行了。这时，我要么硬着头皮往下写，要么放一下，先去干点别的，比如跑步。

跑步对写作的帮助往往在此刻体现出来，我跑着跑着，就会忘掉刚才的沮丧，放空脑袋，也许能琢磨出一个继续下去的好办法。就算没有头绪，跑完一场步，休整之后，体力充沛，改天坐到电脑前，神清气爽，又有了信心。不急，慢慢掘进，一字一句小心搬运，就像挖地道，吭哧吭哧，日复一日，又挖出一条通道。

无论是掘进的努力，还是挖通后的惊喜，对我而言，都是无比的乐趣。我这辈子坚定倔强九头牛都拉不住地选择写作这个行当，理由全在于此。也正是倚仗这一点，我才敢叉着腰冲全世界喊，我是个幸运的人!

写长篇就是这样周期性的阻塞、挖通，再阻塞、再挖通，直到精疲力竭，落下最后一个标点的时候，感觉就像跑完了一个全马。

写作和跑马的相似之处当然不止这些。每次灵感、激情交织涌上来，我就会误以为一部惊世之作找上门来了。等一字一句地堆砌，心力交瘁手心长茧的时候，自然就冷静下来了。这时，我才发现，所谓的惊世之作，不过是惊了一下自己而已。我已经用尽心力，怎么看还是归世还俗的模样。唉，文章之事，岂在一朝一夕？本以为种了瓜，却得了豆，也不错嘛。就如我每次跑步，以我的配速，不可能惊到任何人，但我一样领略了其中的乐趣，妙不可言。这难道不是真谛吗？

单部长篇是马拉松，系列小说更是马拉松。我曾经写过“开心果丁丁冬系列”，动笔是在 2000 年，前前后后用了 10 年时间，写完了 9 本。这 10 年里，发生了太多太多的事，所以，这 9 本书根本不可能保持一致的风格。连读者都奇怪，既然是一个系列，前后的差别为什么会这么大呢？我现在可以从另一个角度回答他们了，如果你跑过马拉松，那么，你就很容易理解，前 10 公里和后 10 公里，那是截然不一样的。前 10 公里顺风顺水，身心愉悦，脚步轻盈，大有试看天下谁能敌的气势。后 10 公里举步维艰，腰酸背痛，要死要活，每多跑一步都要咬牙切齿，恨不得骂尽天下老娘。就是这样。

2009年，我写了一本《猫王》。这本书当然耗尽了我的心力，我几乎是以一种虚脱的状态把书稿递出去的。时隔一年,《猫王》出版了，在完全没有思想准备的情况下，销量一路飙升，从此，我也被贴上了畅销作家的标签。

销量大，影响自然也大，读者看完《猫王》，觉得没有过足瘾，不停地追问后来如何如何。我根本没有想过后来的事，最初的想法就是一本完事。可是，编辑也来劝我，不如顺势再写一本。我耳朵根子软，经不住三劝四说，于是，又重回炉灶，文火慢炖，一年一本，一直写到了第四本。这时，我确实感觉用尽了力气，就像跑完了全马，正式宣布，“猫王”到此为止。

《杨梅》是我早期的一部作品，一气呵成，大约只有5万字吧。我以为这是一部完整的作品了，但读者却不能接受结尾，不断来信追问。我被迫又开始写续集，这就像你刚跑完一个全马，马上又被赶上了跑道，再跑一个。续集显然是接不上气儿了，我只有用故事来弥补。但真的能弥补吗？明眼人一看便知。

《一滴泪珠掰两瓣》却是另一种情形。大概是在十几年后，为了给学生讲课，我选中了这本书，自己就必须重读。说实话，我极少回头看自己的作品，可这一次我有了意外的收获。就在重读的过程中，有一种情愫爬上了心头，弥漫开来，像一张网罩住了我的上空。那些日子，我无法摆脱书中传递出来的情绪，我知道解决问题的最好办法就是重起炉灶，再续写一篇。

这一次不是别人逼着我跑马拉松，而是我休整了十几年，精神饱满，脚板发痒，不跑这个马拉松，就觉得辜负了自己。于是，就有了《一滴泪珠掰两瓣》续集，整个过程发挥出了自己的水准，收笔的时候，心头的情绪总算释然了，就像阴云密布的天空，最终化作一场文字雨倾泻下来，雨过天晴，四周明亮起来。

当然，中间的十几年并没有空档，我沿着这条跑道保持着这股气韵一直在跑，《只有爱不能分开》《手心里的阳光》《天堂里的尖叫》……这一部部长篇，就像一场场马拉松，而组合起来，就像我的马拉松之旅，艰难、漫长，但又不肯放手。

写作和马拉松的相似之处还有许多，我不想再多说。我只想在心底祈祷：愿这两件事都能伴我终老，直到生命的尽头。

家族跑

27

12 月 24 日，黄石磁湖半程马拉松，天气阴冷，起跑之前就下起了雨，还不小呢。

这次全部都是半马，大家聚集在起跑区，披着一次性雨衣，热身、嬉笑，格外热闹，淅淅沥沥的雨丝毫也没有影响情绪。放眼望去，里面有了不少新马：孔艳华、曾大云都是生意场上的成功人士，慷慨大方，带着一股豪气杀进群来；青草在咸宁完成了第一个半马之后，这次也带着伙哥来参赛。伙哥以前就经常跑步，每次 5 公里左右，黄石第一个半马，跑进了两小时。

我没有追求成绩，想好好陪老婆跑一次。在此之前，因为种种原因，我还没有在赛道上陪老婆跑过。起跑之后，老婆发现我一直跟在她身边，既意外又感动。

可是，感动了不到 5 公里，她就开始埋怨，说我的脚步太重，影响心情。而且直接拿出反面教材，就是她二姐。二姐就在她另一边，我定睛一看，二姐果然是脚步轻盈落地无声。

惭愧惭愧，我想陪跑，还不够资格，于是，改变主意，跟跑。我跟在老婆后面，尽量远一点，不让她听到我的重脚。

老婆的抱怨是有原因的，天下着雨，地面有水，湿了鞋袜，脚正在遭罪呢。10 多公里之后，她实在无法忍受了，就停下来脱袜子。原来，她的脚底已经打出了血泡。

我和二姐都在旁边等着她，问她还能不能跑。她不回答，直接把袜子转了个角度，穿上，又往前跑。

我不敢跟得太近，怕脚步影响老婆情绪，就远远拖后。远远望着老婆和二姐的背影，我忽然想起，其实我们这个家族已经开始跑步了。

我是我们这个家族里最早开始跑步的，刚刚体会到跑步的乐趣时，我就很想带动家庭跑。后来，老婆儿子都跑了起来，我又想带动整个家族跑。二姐是第一个加入的。之后很长时间，无人响应。

大姐的儿子和二姐的女儿都正经出过一大笔钱吃过减肥餐。那都是个性青年，当然不会轻易听劝，尤其跑步这样的苦差事。我也知趣，不会多说，聊到嘴边上了，只说一句“最好的减肥就是跑步”。

减肥餐吃了一段时间，果然效果显著。可是，谁能天天那么严格地按照食谱吃喝呢？且不说吃久了倒胃口，光看着桌上的美味不能动筷子，就够痛苦一碗的。时间一久，要求一松，体重又直线反弹，前功尽弃。

也许是痛定思痛，也许是这5个青年在小群里嘀咕了什么（儿子那时已经有跑步的习惯，一定对另外几个有触动），在没有任何征兆的情况下，小的们都跑了起来。我观察了一段时间，发现他们不是闹着玩，每次发到家庭群里的跑步记录都是10公里起步。

转过头来，我又想劝老五两口子也跑步。可是，五妹说，她只要跑过5公里，膝盖就疼。我本来想劝她多练，转念一想，五妹自学中医多年，一定对人体门儿清，于是，不敢多说了。

以为她会就此放弃跑步，没料到隔了一段时间，她说能跑10公里了，就是慢。我说慢不怕，只要跑就行。于是，老五夫妇开始跑，一跑不可收拾，小妹夫成了我们家族里最快的马，小妹也在一次次努力之后，征服了半马。

整个家族都跑起来了，我感到无比欣慰。以前聚会，都是吃吃喝喝；现在一说聚会，首先想到的就是跑步，脚一抬，10公里，再高兴了，就来个半马，这种氛围真是千金难买，千金不卖。

这次黄石半马，我们仨是家族的代表，在跑过终点的时候，我们把手拉在一起，举过头顶。那一刻，我们不仅仅是在庆祝黄马的完赛，也是在为我们整个家族步入跑马时代而欢呼。

步入跑马时代的家族不止我们一个，徐明也是。早些时候，徐明开始跑步，就在南湖拉起一支队伍，里面就有他的亲弟弟徐超。徐超入群之后，跑量高居榜首，无人望其项背，苦练出成绩，他很快就成为我们群里的跑神。

记得是荆门马拉松，徐明又把他的姐姐徐萍和姐夫“土猫”带进来了。那时，他们都自称是打酱油的。可是，后来，几乎每次拉练他们都参加，跑得非常认真。尤其是土猫，跑得慢，但总是能咬牙跟下来。

有付出就有收获，徐萍在2017年的汉马跑完了全马，土猫也在2018年的厦马跑完了全马。这些听起来都平淡无奇，甚至是老生常谈，也就是说，只要是个正常人，下力气训练，都能完成全马。

土猫就不是一个正常人。在加入马群前不久，他因喉癌动了手术，还在持续化疗。徐明看着姐夫的身体如此堪忧，就试着劝他跑一下步。姐姐徐萍马上响应，拉着土猫一起入群。

一晃几年过去了，夫妻俩每次出来跑步，都玩得欢天喜地。至于土猫的身体，依我看，是啥毛病没有，吃嘛嘛香了。

我不想把跑步说得神乎其神，也无意把跑步抬到多么高的地位。但依我个人的经验，我只是真心希望自己的亲人和朋友都能跑起来，别问有没有用，别问有没有意义，人活着又有几个大意义？无论你是个平淡的人，还是一个高雅的人，跑步都不会折损你的人生志向。

别忘了，人，天生就会跑。别忘了，人就是一种动物，而且是最适合长途奔袭的动物。

我把小广跑丢了

28

上大学时，我们班有两个广东男生，为了区分开来，我们把大个子叫大广，小个子叫小广。大广不仅高大帅气，为人也大气，体育又是一个多面好手，可以说是我们的偶像。小广则是我们的开心果，充满喜感，谁见到他都忍不住要调笑一番。

刚上大学不久，小广给家里寄信，走到半路，天空飘雪了，才10月，那是哈尔滨的第一场雪。他惊喜地叫喊着，返回去，撕开已经封口的信，在尾巴上加了一句“我看到雪了”，然后，才再次向邮局走去。

小广也是才华出众的，不仅是我们班足球队的铁后卫，歌也唱得好。我记得最清楚的是，他总在宿舍走廊里唱《站台》，唱到最后一句，把尾音拉得老长老长，谁的肺活量也比不过他。我们都笑称他为“走廊歌星”。

毕业多年之后，小广心脏出了点毛病，做了搭桥，再见到他时，我俩都已经早生华发，就难免心有戚戚。没料到，他后来也开始跑步，而且练得不错，报名参赛也很积极。2016 年哈马拿下了第一个全马，令我惊讶又佩服。

2017 年 1 月 2 日，厦门马拉松开赛，小广又报了名。这次马群里有几个报了名，我们班同学只有小广一人。他在班级群里乱喊："谁来陪我？"没人应。

汉马跑团冷不丁和周宏贵中了签，可是，周宏贵因为做了个手术，还没有完全恢复，不敢冒险，准备放弃。放弃多可惜，我何不替他去跑？主意一定，我们一拍即合。

前不久，马拉松跑死了一个人，业内震恐，规矩收紧，这次的厦马特别强调不准替跑。所以，我忐忑不安，从奔赴厦门的那一刻起，我感觉自己就像地下党去敌占区执行一项秘密的任务。

领装备的时候还好，出示齐全的复印件，就可以代领。可是，第二天一早入场的时候，安检确实严格了，有两个扫描仪，一个对着胸前的号码，一个对着脚上的芯片。我吓得不敢向前，怕被捉个活的，会不会像小偷一样被吊打呢？

什么小偷大盗的，根本没有工夫犹豫，人流一冲，我就到了安检口。嘀、嘀，扫描仪两声响，我的血都凝固了，感觉头发都倒竖起来了，根根像钢针——接下来应该是机器语音"你是假冒货，请退回"……

我向后退，后面的人推了我一下，埋怨："还不往前走！"

我惊醒，往前看，没有语音，也没有阻拦，直接放行。还犹豫什么？跑吧！我一溜烟进了场，混进人堆里，一颗高悬的心才放下。

小广是个正牌货，大大方方地安检，光明正大地入场，跟在我身后，泰然自若，根本就不知道刚才我的内心里发生了什么。而此刻，我已经下定了决心，既然冒险过关，那么，小广，我就陪你跑定了。

小广两边都绑了护膝，速度明显比我要慢一个档。但我不在乎，跟着他跑就好了。在哈尔滨马拉松时，同学多，我也没想到要陪他跑，现在，同学就我们俩了，我不陪谁陪？

我们一边跑一边聊天。我说："跑步戴护膝不好，这可跟踢球不一样。"

他说："不戴就跑不了。"

"好吧，只要能跑，戴什么都行。"

刚聊完护膝，他就不跑了，说得走一走。我一看，刚过12公里，走得也太早了吧？于是，我说："你的腿到底行不行？不行就别跑了。"

"我的腿就像闹钟，过了12公里就闹，得走一会儿。"他怕拖累我，就说，"你先跑吧，别管我。"

"唉，这是什么话呢？我这样陪着你，不是挺好吗？"

走了一阵子，他果然又能跑了，虽然还是慢，但毕竟在跑。我就宽慰他，说："就这样跑，不行了就上收容车。"

他笑了，说："你放心，我的身体我知道，我肯定能跑完。再说了，我老婆孩子还在30公里处等着给我加油呢！”

一看他如此乐观，我就吃了定心丸，好吧，就这样，我陪着他跑到底。

按理说，是没什么问题的，问题出在一泡尿上。尿？对于一名全马跑者，我早就说过，尿不是问题，只要有一片小树林，哪怕树木稀少，只要能稍遮耳目，就能解决。

想得美，现实更美。厦马最美的赛道就是跨海大桥，桥面沿着海边高高架起，脚下是海浪拍岸，对面是名声远扬的鼓浪屿。确实名不虚传，美得目不暇接。

遥望着鼓浪屿，近听着海浪，我渐渐感觉有点不对劲。不是风景有误，是自身起了反应，想尿。桥面上挤满了人，别说小树林，就是一片树叶也没有落脚之地；抬头望，橙色（马服的颜色）的人群沿着桥向前延伸，一眼望不到头，令人绝望。

想说不敢说，最寂寞；想尿不能尿，最尴尬。我跑马数年，何曾遇到这种绝境？若是在马路边上，哪怕有一棵光秃秃的电线杆子，我也能转到背后，假装谁也看不见。此刻，我身边哪有什么电线杆，只有小广。望着小广悠然自得地跑着，我忽然是多么羡慕他，无尿之人最轻松啊！

越跑尿越多，越急尿越紧。我感觉要出大事了，怎么办怎么办怎么办……

天无绝人之路，问题多了自然有办法。这时，我看到前方不远处有一个引桥，是从市内公路上桥的一条岔路，现在入口处用广告牌封住了。

“你照常往前跑，我会来追你的。”我甩给小广一句话，然后，飞奔向前，直扑岔路口。

路口横着一块不到半人高的广告牌，离人流太近，高度不够遮腰，目测刚齐大腿……我正在挑三拣四挑肥拣瘦，突然，从广告牌后面站起一位女子运动员。我吓得一个飞跃，从广告牌上跳过去，向引桥下面跑，身后传来一阵尖叫。我没空给她解释，自己都快来不及了。

跑了几十米，我马上就觉得不对，因为下面就是一条市内公路，人来人往，车水马龙，另外还加两个警察把守入口。怎么办怎么办怎么办……我脑子转得飞快，身子也转了过来，突然发现，引桥离桥面还有一点远，起码以我的近视眼是看不清对面的面孔了，再加上引桥护栏齐腰，刚刚好可以遮挡。

管不了那么多了，我生平第一次面对汹涌的人流，背对喧闹的街道，外加两个虎视眈眈的警察，撒了一泡酣畅淋漓的尿。在此不想多发感慨，经历过的人会深有同感，没经历过的人，找机会自己去做吧。

我还有正事呢，得去追赶小广。一是解决了大问题，浑身轻松；二是前半程一直跟着小广慢跑，积攒了能量。我上了跑道，就开始提速。我相信以我这样的速度，用不了多久，就能追上小广。

我的目光不停地扫视着前方的每一个背影，连女子都不放过，2 公里、3 公里、5 公里、10 公里……眼看就快到终点了，我还是没找到小广的影子。不会吧，难道他在后半程也加速了？

我实在忍不住了，就停下来给他打电话。他说刚过30公里。我说我等他。他笑了，说：“你等我，会感冒的，还是到终点穿上衣服再等我吧。”

好吧，我在终点等着他，要当面搞清楚，到底是哪里出了问题，我一路上眼睛都睁疼了，竟然没有看到他？

小广终于露面了，胸前挂着奖牌，证明他又一次在关门时间内跑完了全程。

一细问才知道，他在30公里处下去和老婆孩子庆祝了。我应该就是那个时候错过了他。

虽然事出有因，我还是心怀愧疚地说：“对不起，我把你跑丢了，没能陪你跑到底。”

他摆了摆手，用广东味十足的普通话说：“要你陪什么，跑步本来就是一个人的事嘛。”

一捧热血遭冷水，我心里顿时拔凉拔凉。

他马上拍一下我的肩膀，挤一下眼睛，说：“不过，有你在终点等我，我还是很温暖的。要不，我会感到很孤单哟！”

我笑着推了他一把，心里骂道：你这家伙，就爱捉弄人，千年不改。

千年不改，多好！我们毕业已经近30年了，前20年，几乎没有音信，自从跑马之后，我们相聚的机会陡增，每次都是在赛道上相遇。除了白发，除了皱纹，我真的觉得我们还停留在从前。生活没有改变你，也没有改变我，或者说，生活都被我们吃掉了，消化掉了，转化成了更强大的心性。

特别是你，小广，经历了疾病的折磨，却坚定地选择了跑步。跑步并不是为了得到什么新东西，而是为了找回丢失的东西。就在出发的时候，我在心里祈祷，时间在我们脚下倒流！我陪你一起向着时间的起点跑，一直跑到我们相识的日子。那时，你能跑能跳能唱，样样都是一把好手，一天到晚生龙活虎，哪知疾病为何物？而我总是弱弱地跟在你身边，技不如你，甘拜下风。

如果时间能够找回，能够停住，我愿意一直甘拜下风。

这些酸酸的话留在心里，不敢说。我敢肯定，只要一说，就会遭到小广的调笑。他呀，就这德行，千年不改。

饿着肚子跑全马

29

2017 年 3 月 19 日，无锡，大雨。小天鹅马拉松鸣枪，出发的时候，大家都穿着一次性的雨衣。没跑多远，大家又纷纷扔掉了雨衣，雨并没有停，反而下大了，但薄薄的雨衣贴在身上，非常碍事，难受。

我看了周宏贵一眼，他也看了我一眼，我们就同时撕掉了身上的雨衣。头上的遮阳帽滴着雨水，脚下一双新买的亚瑟士跑鞋踩着积水，身上的长衣长裤被雨水包裹，没有一处不流水。但这场大雨丝毫没有影响我们跑步的情绪，啪叽啪叽，每一步都水花四溅，就像伴奏，我们跑得极有节奏，更加稳健。第一次经历如此大的雨奔，自己都开始佩服自己了。

周宏贵去年手术，这是他经过了长时间的休整之后，第一次踏上全马的赛道。经过几年的折腾，我们已经具备了基本的经验，所以，从一开始就把速度压住，量力而行。

毕竟是有功底的人，虽然休养了半年，但经过短期训练，周宏贵状态恢复得不错。我们一直跑到41公里，除了补给，几乎一步没停。一过41公里，周宏贵喊停，我就停了下来，一起走过最后1公里。他说："其实，跑到底没问题，但还是有点顾忌。"说着，他指了指伤口处。我深表同意。

这时，真正狼狈的对我来说，不是雨，不是伤，而是饿。这次全马的补给相当紧缺，我们又是跑在后面的，根本就没有吃食，再加上我今天大意，过于相信沿途补给站，没有带营养棒。种种原因，导致我必须经历一场饥饿跑。

我不仅饿得快，而且活怕饿，只要一饿，就会头发昏，严重的时候还会手发抖。记得刚跑过半马，我就感觉肚子空了，放眼四望，路边补给站的摊位上更空。我大声问，有吃的吗？志愿者大声回答，下一站有。

下一站有？这是一句训练有素的话，或者说是骗人的。过了一站又一站，每一站都是同样的话。我已经不作指望了，咬着牙往前跑。约莫30公里之后，我看到路边一名警察手里提着两块面包。面包啊，对于一个快要饿晕的人来说，意味着什么？

我的脚不听使唤地朝警察跑过去，我的手指着面包，问："能给我吃一块吗？"

警察根本没有料到会有人敢到他手里劫货，一脸惊讶地瞪着我，说："这是我的中餐，给你吃了，我就没了。"

想想也是，人家从一大早就站在这里，多不容易，怎么忍心虎口夺食呢？我瞬间说服了自己，跑回了正道。

周宏贵问我怎么了，我说饿死了。他身上也没有补给，就劝说我，多喝点水。

多喝水能解决饿，这日子就好过了。我早几百年就把肚子灌满了，可是，除了哐当哐当响，屁用没有。

再往前跑，我感觉腿脚有些发麻，头脑有些发晕，满脑子想的都是食物食物。心有所想，眼有所见。路边有人扔下的擦汗海绵，肥皂大小，黄色，我当然看得清，但恍惚间，我希望那是一块面包。为了进一步确证，我还推了一下周宏贵，问："你看，那是不是面包？"

他看了一眼海绵，又看了一眼我，突然大笑起来。事后，他说，我那神情，就像一只狗看到了骨头。

他的感觉分毫不差。我当时就是一只饿狗，可惜，茫然四顾，哪里有骨头？

所以，他提出来走最后 1 公里，我根本没有过脑，完全是凭本能就答应了。

这种饥饿到了赛后，得到了极大的补偿。周宏贵的 3 个同学从不同的地方赶过来，为他庆功。我当然也搭进去了。

他们都是老牌华工毕业生，几十年过去，个个混得人模人样，出手也极大方，宴席丰盛得一塌糊涂。可惜，刚跑完全马，不能大吃大喝，虽然饿怕了，这一点我还是清楚的。所以，上了桌子，除了应有的应酬，我尽量谨慎地下筷子，清淡为主，大鱼大肉尽量少沾。

酒桌上，我本非主角，就容易躲开。他们同学相聚不易，频频举杯，畅饮畅谈。渐渐地，我就成了一个旁观者。

旁观者清。在推杯换盏之间，我忽然发现了一个秘密：周宏贵比其他 3 个同学都显年轻。不比不知道，越比越明显。

我想起了师傅李峰说过，咱们班现在开始跑步的同学，也许这两年看不出什么变化，可是，等 5 年之后，变化就出来了，等 10 年之后，变化就更大了……师傅就是师傅，说话总是有理儿。

回想 2013 年，周宏贵第一次跟我到郑州跑马拉松，完全是懵懂无知的状态。几年过去，他俨然成了行家里手，对跑步有了更深的理解。

这次无锡马拉松是周宏贵在群里发起报名的，不巧的是，同一天还有远安马拉松，群里几乎都选择了远安，那里可以看油菜花。看着他形单影只，我就陪他报了无锡马。

最终，群里报无锡马的只有我们俩。这一下我就显得格外珍贵了，他也格外珍惜我，提前帮我买票，联系无锡同学定好酒店，总之，行程都由他搞定。

踏上火车的时候，我就感觉一切都和从前不同了。想当年，是我带着他出去玩，那边的一切是我的同学搞定，而今天，完全反过来了。反过来的感觉真好。

改变不止这一点点，我感觉跑步对他的改变也是方方面面的。这些年，跑步和读书让他的内心更加笃定，因为他知道他需要什么。我们在交流的时候，他时常会说，有朋友找他诉苦，他就会反问“你到底需要什么”。是啊，这是个关键问题，搞清楚了，一切迎刃而解。

我何尝不是这样在追问自己呢？选择写作这条路，因为我想要自由，有了自由，就有了爱的理由。没错，除了热爱，我没有任何理由选择写作。这正是我一路跌跌撞撞最终坚定下来的原因。

我在这里不是无缘无故地谈写作，因为我这次到无锡跑步，还怀着另一个目的，就是和李志伟见面。志伟多年前就是自由人了，在写作这条路上，他是一个孤独的跑者。

他家就在无锡，前不久听说他做了膝盖手术。

志伟是在我之前跑马拉松的，也是作家朋友里唯一陪我跑过半马的人，正当我们相约一起跑下去的时候，他却受伤了，做了手术，几乎是不可能再跑步了。我的心痛可想而知。

比赛的前一天，我们就抵达了无锡。我本来想到家里去看望志伟，他说还是他到酒店来看我吧。

他自己开车过来，带了一瓶珍藏的茅台酒，让我们喝，他因为有伤，不能沾酒。我们聊了许多家常，了解到他目前的生活状况，也知道他对写作已经处之淡然了。这样也好，写作本来就只是生活的一部分，何必外加那么重的分量呢？

有些人自称热爱写作，其实热爱的是名利，明眼人一看便知，写作确实是一条沽名钓誉的好路径。

我现在也像志伟一样是个自由人，或者说是以写作为生的人，一方面，我很珍惜写作给我带来的这份自由，另一方面，我得靠写作养家糊口，马虎不得，放松不得。我得沿着写作这条路走下去，这是我的选择，我愿意。

志伟在20年前就是自由人了，一路走到今天，他也有资本说自己可以淡然了。只是不知他有没有后悔自己选择的这条路。这种话不好问他，我只可以问自己。

如果说人生可以重新开始，我依然会选择写作这条路，这就是我，一个倔头倔脑不知悔改的老顽固。

跑着爱

30

2017 年 4 月 9 日，武汉马拉松鸣枪。这已经是第二届了，因为第一届口碑超好，报名人数陡增，直接导致我们群里的中签率陡降。

我这次能上赛道，不是因为运气好，而是人缘好。我的名额是从赞助商咸伙计饮料那儿得到的，咸伙计老总袁浩是我多年前的铁哥们。我们俩是同一年参加工作，在同一个单位，关系非同一般。怎么描述？我能把他的衣服拉过来，穿上去相亲；他若是玩晚了，也能和我挤一张单人床，将就一夜，第二天一早直接去上班。后来，因为我调走了，来往就少了，但情谊是埋在心底的，啥时候想找，就能翻出来。

这次还是他主动给我打的电话，他知道我跑步，就问我要不要名额。这不是瞌睡遇到了枕头吗？

名额到手，报名又出了问题。之前，汉马报名的时候，我正在外地，不方便，我的名是老婆用手机帮我报的，这样一来，注册信息就全部错了。我惊出一身汗，暗叹到嘴的鸭子又飞了。

要不怎么说汉马举办得好，就一个字：贴心。哈！

就在我心急如焚的时候，组委会给我打来了电话，详细问明情况，然后，安慰我，说不用急，他们到后台修改，保证我能参赛。

我顺利进入报名通道的时候，心里满满都是感动。

汉马和无锡马相隔 20 天，天气却没变，一样是大雨，甚至有过之而无不及。我新买的一双亚瑟士鞋，刚刚出征两场全马，场场都泡在雨水中——我可怜的阿亚！雨水灌了一鞋的时候，我真想把鞋抱在怀里，光着脚跑。可惜，我没有练过光足跑，不敢冒险。

这场汉马最直观的印象就是，从头到尾的大雨。比雨更打眼的，是高凯。赛后，我们在几乎所有的官方报道中都看到了一张招牌式的图片，枪声一响，第一方阵运动员跑出门楼，几乎是清一色的黑人运动员。高凯竟然在里面，而且冲得很靠前，大有世界名将的风范。

赛后，我们问高凯，跟那些黑人运动员一起跑，是什么感觉？他摇了摇头，说跑头 1 公里还马马虎虎，再往后，就跟不上了。

事实上，我是在上长江大桥之前碰到他的。那时，雨下得正大，他却在引桥上溜达。

这次，我和徐明结伴跑，见到高凯，我们都很惊诧，以为他受伤了，就问他怎么了，他摆摆手，让我们先跑，他在等人。是这样啊。于是，我们放心地跑了。

我们跑完全程，来到聚餐的地方，没有看到高凯。过了很久，高凯才湿淋淋地进来，背着两个包，后面跟着孔艳华。

孔君是第一次跑全马，就遇到了这种天气，还拿到了奖牌，代价是两条腿已经无法弯曲，走路一瘸一拐。我们全体鼓掌，欢迎“残疾人”到来。作为一个普通的跑者，第一个全马跑残太正常了，腿疼脚痒都好说，最难排解的是心中的恐惧、惶惑。但是，有一个跑神全程保驾护航，感觉就完全不一样了。那叫个踏实。

所以，那一刻，我更想把掌声送给高凯。他是我们群里的跑神，只要认真跑，每一次的成绩都让我们惊艳，那是他的荣耀。可是，他放弃了荣耀，陪着孔君安全完赛。这一个全马，他跑出的不仅仅是爱心，更是境界。

高凯确实已经跑出了境界，我们都在追求快的时候，他却在追求慢。他的慢是在自己掌控之中的，随心所欲，精准无比。最近的一次北马，他踩着关门时间跑过终点，这就意味着，他是北马的最后一名，但又不被关在门外，不得不让人佩服。

所以，我常常说，在赛道上，那些比你跑得慢的，也许正是高手。

高凯肯定是高手，这次在汉马赛道上超过他的时候，我的心情还是相当复杂的。但更复杂的是我的脚，记得在超过高凯之后不久，我的脚就出了状况。好在我够老到，有备而来，在腰包里藏着一双袜子。徐明让我别勉强跑了，赶紧换袜子。于是，我就坐在长江大桥的石墩上，冒着雨脱鞋换袜子。徐明站在旁边等着我。

这时，一个摄影师举着大炮筒子跑过来，对着我咔咔几下，满腔兴奋地说：“这个好，还从来没抓到过这样的镜头呢！”我本来想骂他两句，一抬头，见他一脸真诚，完全是童言无忌的架势，马上就原谅了他。也好，自己受个伤，还有观赏价值了。

雨时大时小，地面积水太多，根本无法绕过，所以，换了袜子也白搭，还没有跑过大桥，又全部湿透了，右脚板越来越疼，恨不得踮着脚跑才好。

徐明看出了我的痛苦，问我要不要紧。我说不要紧，让他先跑，别耽误。他哈哈一笑，说：“我追求的就是慢，跑快了叫破戒。”好吧，那就守着戒，陪着我一起慢慢踮吧。

其实，我非常清楚他的真实想法：我如果是个好人，他也许可以先跑；但我受了伤，他怎么可能丢下我，自己跑呢？

我们又往前跑了一阵，遇到了群里的小美女M，她也是第一次跑全马，独自。她显然经验不足，前面冲得太快，现在还不到半马，就已经累得摇摇晃晃。徐明喊她，她很兴奋地挥手，像见到了亲人。徐明让她跟我们一起跑，她却摆手，说自己不行，让我们先跑。

这时，路边人群中，有个小伙子，骑着自行车，没有穿雨衣，只是把运动服的帽子拉到头上，边和M同速度前行，边喊：“怎么样？”M没有回答。小伙子又喊：“我到前面去等你！”面前一段观众的道路阻断了，小伙子骑车离开，消失了。

M说不跟我们跑，但她的速度跟我们差不多，所以，我们一直跑在前后不远。我们一起跑过了半马，大概又过了近10公里，小伙子突然又出现在路边，叉着自行车喊："还好吗？"

"很不好……"M话一出口，竟大哭起来。

小伙子喊："下来吧。"

"不，我不……"M咬牙切齿，好像恨透了小伙子。

M说到做到，硬挺着跑完了全马，最后扑到小伙子怀里，眼泪一把鼻涕一把地被领走了。事后，她告诉我们，说那小伙子是她男朋友。

我们问："他挺关心你的，让你下去，你哭什么？"

她说："因为我跟他相处了那么久，都没有觉得他对我有多好。可就在那一刻，我觉得他是我的整个世界，一直默默地托着我。也就是那一刻，我决定嫁给他了。这个决定是随便下的吗？"

是啊，一个人是否值得终生相托，跑一场全马就知道了。马拉松不仅考验着赛道上的人，也考验着赛道外的人。最基本的衡量单位，就是爱。

我和徐明几十年的兄弟，一起跑过不知多少次全马，所以，只要在一起，总是非常默契，对方的举手投足都心领神会。我们跑到东湖赛段，前面有一个医疗站。我抬头看了一眼，他就明白了。我们在医疗站停了下来。

徐明抢先搬过一把凳子，让我坐下。一个40多岁的医生过来为我治疗，简单询问之后，就单膝跪地，帮我脱下袜子，处理脚底的伤口。脚底打了泡，泡已经磨破了。医生非常麻利地贴上了创可贴，治疗完毕。

我站起来，刚才的疼痛竟然消失了，真是神奇。早知道这样，我该早点寻求治疗的。

脚下不疼了，跑起来就有了节奏感。到梨园赛段时，我们看见前面一个跑者背上写着“毛大庆”，于是，我和徐明对望了一眼。因为我们都了解此人，是个老马，但已经跑出境界来了，不以追求速度为己任了。他虽然不认识我们，但我们还是把他当作自己人，在超过他的时候，一起向他喊：“加油！”

他也许是习惯了跑友之间的打招呼，也向我们挥了一下手。也许他无法知道，我们给他加油，并不是催他快跑，而是发自内心的佩服和认同。

一场大雨，并没有浇灭跑者的激情，反而留下了更多难忘的记忆。在这场马拉松之后，徐萍和青草都完成了自己的第一个全马。特别是青草，全程是独自跑下来的，那种坚持，和因坚持滋长起来的自信，一定会成为她人生中的一个拐点。

慢下来

31

2017 年 7 月 15 日，贵阳马拉松，是计划外的。跑完汉马之后，天气热起来了，往夏天走，就不适合参赛了。本来准备等过了夏天，天气凉快了，再报名参赛。

就在这时，贵马来了，周宏贵说，贵阳这座城市，值得去跑一次；再则，7 月的贵阳并不算热，可以顺便避暑呢；再再则……

打住！两匹老马还用多说吗？只要他想跑，不需要理由，我陪。于是，报名。

夏天果然是跑马的淡季，整个青马团两百多号人，报贵阳马拉松的除了周宏贵和我，再就是周子如和王三丰，总共 4 枚。而这 4 枚中，除了周子如是一匹快马，我们仨都是以完赛为目标的跑渣渣。

按常理儿，跑渣只管靠边跑，别多嘴。可这次，我们仨像吃了同一种药，都憋了一肚子话，还在武汉站等高铁，就围住了快马。

因为我们都知道，快马虽快，但是，逢 30 公里必崩。

我们壮着胆儿，一齐发炮：“你就不能慢点跑？”

快马手一抹，说：“我是习惯性抽筋，跟速度没关系，跑快跑慢都要抽。”这话相当于一块钢板，把我们的炮弹全挡回来了。

看着快马连抽筋都自信的样子，我心里轻叹一声，但不想放弃。因为周子如是青马团的团长——兵狠狠一个，将狠狠一窝——我当然赞同大家拼实力出成绩，但更希望大家能注重健康理念，安全跑步。所以，只有团长理念对头，团里的气氛才能朝着正确的方向发展。再说了，周子如作为团长，一年到头为团员做了那么多贡献，想想都感动，这回无论如何我得好好劝劝他，可不忍眼睁睁地看着他再去跑崩受伤。

我想了想，问他：“你多少配速最舒服？”

“520。”

这配速我也能跑，但那得是大口喘气大把甩汗，还保不准能跑多远。这就是差距，可不能因为这差距就停止劝说呀。一瞬间，我想到了林丹、费德勒等一批伟大的运动员，他们的教练都不如他们，但一样可以对他们指手画脚。那么，我还怕个啥？

有了底气，我就接着说：“那么，起跑的时候，你可以再慢一点，比如 530，540，试试。”

他望着我，没有作声。

我感觉不保险，趁机加码，说：“甚至可以再压慢一点。”

他哈哈一笑，含义不明，谈话结束。

贵阳的确是一座很漂亮的城市，完全是在山中建起来的，绿色如画，适合人居，但不适合跑步，全是坡，整个赛道除了上坡就是下坡，而且一个比一个长，一个比一个陡，偶尔遇到一段平地，心底就会格外珍惜。

我和周宏贵结伴而跑，保持了一贯的风格，起步就把速度压得很慢。谁也没料到坡道这样夸张，所以，一路上，我们就跑得比以往更艰难。前半程，天公作美，一直阴着，还算凉快。可是，到了后半程，太阳就出来了。不管怎样的避暑胜地，站在7月的太阳下面，还是会觉得火辣辣的。天一热，汗就多，出汗多，耗能就多，渐渐地，体力也成问题了。

30公里之后，周宏贵又出现了新的状况。作为一匹老马，他居然忘了给自己的乳头贴创可贴。要知道乳头和衣衫之间的摩擦是数以万计的，半马之内还没有问题，可现在，他已经开始喊疼。揭开衣服一看，好家伙，已经流血了。

怎么办？一个大男人，怕什么！脱了衣服，光膀子跑吧。平时文质彬彬的周老板，这会儿也顾不了那么多了，直接脱掉上衣，亮块头。

亮亮块头倒没啥，可这是在太阳下面暴晒，后背火辣辣的，很有铁板烧的味道哦。

是烧是烤，无所谓，习惯了就好。跑了一阵，我们的注意力就不在后背和太阳上了，而是开始担心起周子如。

“不知他今天有没有把速度压下来？”

“这么多的坡道，如果不降速，更容易跑崩。”

就在我们担忧的时候，消息传来，周子如已经完赛，全程顺利，没有跑崩，成绩也不错，破 4 了。我们长长松了一口气，由衷地为他高兴。

赛后，周子如也非常高兴，告诉我们，这是他头一次没有跑崩。一开始，他的配速是 540 以内，过了半马，他觉得体力很好，越跑越快，最后几公里是 4 分多的配速。最后，他不无感慨地说：“前面有多慢，后面就有多快。”

这话从他口里说出来的时候，我真正地松了一口气。有这样的团长，青马团无忧矣。

跑完之后，我们没有着急撤。我鲁迅文学院的同学王华作为东道主，过来请我们喝酒，不是最有名的茅台，而是最地道的习酒。然后，又带我们到黄果树瀑布转了一整圈，最后才把我们送到火车站。

如此一来，节奏一下就放慢了，慢下来，才能品尝美食欣赏美景。

我常常在跑步的时候，想到生活。生活跟跑步是多么相似，每个人从自己的赛道上跑过，常常在争快争强中了却一生，临死还嫌自己不够快不够强。这种生活恰恰是要警惕的。

在人生的跑道上，真正的收获并不是多快多强，而是这一路上欣赏了多少，感受了多少，领悟了多少。要做到这些的前提就是，慢下来。

背靠背

32

背靠背就是连续跑两场马拉松，如果是连续两天跑，就叫大背靠背，如果是连续两个星期跑，就叫小背靠背。

对于一些强人来说，背靠背就像喝凉水，咕嘟一口，咕嘟又一口，让旁观者直皱眉头。因为像我们这样一些普通的马友，跑一个全马都已经是挑战了，连续两个？一般想都不想。

我是不想的，最开始，我信奉的是“一起跑”，远方的同学，身边的朋友亲人都一起跑了，就挺好；后来，我们在黑冷马群的旗帜上印上了“永远年轻，永远热泪盈眶”，也挺好，正是我们心情的写照，我们常说要跑到 80 岁；越往后跑，我也越来越不追求配速了，也不太强求每周的跑量了，这时，我们群里提倡“比快乐，不比配速”，这样多好。

群友们常常在一起嘀咕，每年也不要参加那么多赛事了，正常情况下，上半年一个全马，下半年一个全马，还想多跑，报半马就好了。有一批人是赞同的，我就是其中一个。

2017年上半年已经过去，那么，下半年盯准一个全马就行。群里统一商量之后，决定报宜昌马拉松，比赛日期，2017年11月5日。没毛病，报吧，一下搞定。

宜马报完之后不久，黑冷马总群里有人在吵，西安要举办首马，时间是2017年10月28日。消息一出就炸了锅，再加上团长和西安马友发出热情邀请，不报名都不好意思了。报吧，反正还要抽签，中不了签就怨不得自己了。于是，心存一丝不中的希望。

偏偏事与愿违，这次西马抽签结果出来，咱们马群中签率还挺高的，我不幸也中了。担心的事终于还是来了，西马中签就意味着我要跑一个小背靠背。早知如此，当初报一个半马也好呀，偏偏两个都报全马，该剁手。

剁手也得去呀，手犯的错，得脚来弥补。

西安之行显然是值得的，团长高旭坐镇西安，不仅邀请了马友，还邀请了不跑步的同学，所以，这次是一次小规模的同学会。九妹、不系舟作为西安东道主，把我们安排得细致周到。我们到来之前，九妹正在谈一笔大单，焦头烂额，为了不耽误接待我们，她硬是拉着对方老板加夜班谈判、签合同。这傻师妹，真是糊涂，跑步不过是生活的点缀，怎么能让正经生意都让道呢？

有东道主们的精心安排，我们这次不仅跑得开心，玩得也尽兴。西安好玩的地方多，大家统一意见之后，赛完第二天，就上了华山。

站在华山之巅，我不禁感慨：这事要放在3年前，简直不敢想。那时，跑完一个全马，全身心都残疾了，别说爬山，走路都得一瘸一拐。几年过去，虽然我没有给自己压力，但跑步已经成了习惯，伴随着日常日积月累，自然就有了质的变化。而此刻，我更加得意我们的那句口号了：比快乐，不比配速。正因为有这样的想法，我们的跑步才真正越跑越快乐。

跑道上需要跑神，但更多的是跑渣。作为一名跑渣，坦然接受了自己，且找到了真实的乐趣，就渣得值了。我不想职业病似的把这个说法又推广到生活的方方面面，但我愿意把这句话献给所有的跑渣。

说到乐事，这次真有一件不得不提。高凯中了签，但因伤不能来，冷不丁就来冒名顶替。冷不丁和老赵工作都忙，到西安的时间比较晚，那时，领物的地方人已经很少了，工作人员警惕性也就提高了许多。人家一看照片，就说冷不丁不是高凯。

冷不丁平时是个极老实的人，此刻却异常镇定，坚称自己就是高凯。人家不信，就调出电脑信息，一栏一栏提问。好家伙，感情冷不丁不仅老实，而且扎实，来之前做足了功课，什么生日血型身份证号码，都对答如流。

人家还是不信，终于使出了撒手锏，直接拨打高凯的电话。这一招确实是绝杀，他总不可能带着高凯的电话来吧？

天无绝人之路。世间的事就有这么巧，巧得你写小说都不敢这么编。就在这时，老赵已经领完了装备，找不到冷不丁的人，就打来了电话，一秒都不差。也就是说，在工作人员拨通高凯电话的瞬间，冷不丁的电话响了。

天哪天哪天哪！工作人员顿时脸红，挂掉电话，连连说抱歉。

老赵救了冷不丁，心情却不轻松，因为他这次不仅是来跑西马，还要跑襄阳马拉松，简称“西襄记”。襄马就在西马的第二天，也就是说，大背靠背。

大背靠背吓不倒老赵，他是什么马！波士顿马拉松门槛很高吧，他已经报名通过了，只等出征。我们的旗帜都塞到了他手里，等到了美国，亮出来瞧瞧。

不过，这次他不是一个人跑，还带着女跑神宋清。宋神的实力当然不用怀疑，但我们还是忍不住提醒他们，要注意这，要小心那，生怕他们像《西厢记》一样落个不好的结局。

跑完西马，赵宋马不停蹄赶往襄阳，凌晨才到，眼睛没有合上，又往赛场赶。

我们在华山游玩，一直关注着襄马。老赵发来图片，后半程的时候，他的脸色也极不自然了。这让我们对背靠背又多了一层畏惧。

即使满怀畏惧，一周之后，我还是站在了宜马的赛道上，好在不止我一人，周宏贵和徐明也在，也是跑过西马的人。有两位老兄陪着，管他脸贴脸背靠背，跑就是了。好歹我们也跑了这些年，经验有一堆了，所以，一上场就相互提醒，慢点跑，不行就放弃。

等跑起来才知道，这根本不是快慢的事，简直就是不知好歹。

一出发，我的左边屁股就疼起来，痛感一会儿上窜，一会儿下走。这就放弃？好像太无厘头了吧？于是，我咬牙挺着，继续前进。

西马之后，身体就没有真正恢复，越挺毛病越多。不一会儿，疼痛从左边屁股转移到右边屁股，等两边屁股都疼遍了，我才发现，这根本不是屁股的事儿，全身到处都不得劲了。

我左瞧一眼，右瞧一眼，发现周宏贵和徐明都有不同程度的不适，但没有谁有放弃的苗头，都是想跑出个好的节奏来。我只有忍气吞声，跟着他们一起找节奏。

等找到了节奏，身体就慢慢稳住了，疼痛也慢慢钝去。我们这 3 匹马确实不简单，在起步就不对劲的情况下，竟然哼哼叽叽歪歪倒倒地一口气跑出了 30 多公里。是怎么做到的？我自己都不明白了。

这时，徐明突然喊膝盖疼。这可不是开玩笑，停下来，走吧。接下来，我们就走走跑跑，3 个难兄难弟，肩并肩，不离不弃，任一个又一个跑者超过我们。现在，我们已经没有胜负心了，爱超不超，那是别人的事，我们只求一起到达终点。

话虽这样说，忽地有个身影超过我们的时候，还是引起了我们的高度关注。因为她不是别人，正是和徐明赌鲍鱼宴的伍代艳。这些年，她一直按自己的节奏跑着，成绩稳定提升，终于在这一刻超过了徐明。

我们大声喊她，她挥了挥手，一步不停，绝尘而去。等我们跟跟跄跄抵达终点的时候，她正一脸坏笑地守在那里。

我们都知道鲍鱼的典故，就向她祝贺，并一致要求，徐明请她吃鲍鱼的时候，我们作陪。徐明也毫不含糊，手一挥，说：“别说鲍鱼，就是鲨鱼也不怕！”

哪来的底气，还用问？！当然是他刚刚完成了一次最艰难的挑战。虽然是个小背靠背，但对我们而言已经是极限了。在翻过这道坎之后，世界都不算什么了，谁还会在乎鲍鱼呢？

背靠背确实有这样的奇效。如果你追着我们问，下次还搞背靠背吗？那么，我们的动作肯定是一致的，举手投降。谁爱玩玩去吧，我们再不上这个当了。

一辣成千愁

33

快意人生往往离不开酒，我偏偏天生怕酒，望酒兴叹，此生与酒无缘，痛失了人生一大乐趣。

好在我爱吃辣，阅尽万古兴衰事，一辣解千愁。因此，我找到了自信，总算不枉人世走一遭。

没曾想，我好不容易建立起来的自信心，却在都江堰一战，崩溃殆尽。

西马刚刚跑完的时候，肖健就向我们发出了邀请，一起到都江堰，参加成都双遗马拉松。都江堰离成都市其实还有近 70 公里，附近还有一个青城山，都是闻名天下，一个文化、一个自然，并称双遗。

肖健既不是成都人，也不是都江堰人，他家住德阳，只能勉强算是成都边边上。可他自认为四川是他家的，甚至西南地区都算他的势力范围，大手一挥，热情招呼大家去耍。

先不提成都诱人口水的小吃，光说一声都江堰青城山的名字，就美得不要不要的，谁还能心如止水？于是乎，大家纷纷报名。

肖健的热情不仅仅体现在招引进来，在我看来，是全方位的。记得我第一次跑郑开马拉松的时候，他也买了一张绿皮火车票，从德阳颠荡 20 多个小时，赶过去了，不是参赛，只为当啦啦队。

从不爱运动的他，当了一回啦啦队，回家就开始练习跑步了，每次 5 公里，吭哧吭哧，配速慢，还喊累。这可急坏了他夫人，约莫半年之后，夫人实在看不下去了，干脆自己披挂上阵，一抬脚就甩掉肖健整整一条街。

肖健一点也不惭愧，保持着一贯的散漫和自信，说：“我的特点就是慢。”气人不？

你气他不气，几年下来，他就按照自己的节奏，慢慢地跑，现在一抬脚就能跑个半马不在话下了。

肖健不仅慢，还喜欢浪，我是服了他，认定他是我们班最浪漫的人了。那一年，我要到老河沟自然保护区去采访，试探着给他先打了个电话。他欣然决定请一个星期的假，亲自驾车陪我同行。

我们从德阳出发时，太阳已经挂到半天了，估计能在天黑前赶到目的地就不错了。所以，从出发的那一刻，我心里就有一点小着急了。

可他没有半丝急色，车过江油，他突然往路边一靠，说：“江油的肥肠好，我来搜搜，看咱们在哪一家吃呢？”

好吧，午饭总是要吃的，管他肥肠瘦肠，好吃也是吃，歹吃也是吃，就依了他吧。

吃完肥肠，他方向盘一打，又向山上开去，说是去看看李白故里。我虽然惦记着路程，但路过江油，不看李白，实在可惜。于是，我就强压心头的急性儿，去看望李白。

看完李白，可以上路了吧？他不，又牵着我来到太白书屋，实际就是一个书院式茶舍。一进门，他就高喊一声：“老板，两杯竹叶青。”

两杯竹叶青端上来，都是滚开的水冲泡的，热气腾腾，总不能抱起来就一口灌下去吧？耐心等吧，慢慢聊吧。我偷偷看了几次手表，这杯茶足足占用了1个小时零9分钟。

我每次偷看时间，都被肖健逮个正着，他就哈哈一笑，说：“放心，今天我们赶得到。”

一切如他所料，我们赶到目的地的时候，太阳还没有完全落山。

听起来都是抱怨，其实我想说的是，从那次之后，我的三观就变了，觉得生活真的可以慢一点，再慢一点。而且，我一旦发急，就会想起肖健，想起肖健，世界就慢下来了。

成都双遗马拉松比赛日是2018年3月18日，因为是肖健召集，我脑海里首先闪出的一个字就是慢。按照肖健的攻略，我们提前一天抵达，尽享美食美景。从武汉到成都明明有动车，我们偏偏不要，而是买了一趟最慢的车，为的是在卧铺车厢喝酒聊天。

出发之前，我们在群里自报携带的东西，以免重复：徐明带卤菜，我和老婆带糕点和炒菜，曾大云带酒……听起来没毛病，很美好。

问题就出在进站安检的时候。曾大云携带的是一个 5 斤装的塑料壶，满满一壶白酒。人家不让带进站，说只有封装完好的瓶装白酒才可以带上火车。这有多大个区别呢？我们群体围上去讲道理摆事实，可是，嘴皮子磨破也不行，怎么办？

曾大云一看无望，就没有再犹豫，直接带着行李从单向出口出了站。徐明跟在后面，犹豫不决，大概是觉得为一壶酒这样做不值得。我也着急，一看时间还够，就说，干脆都出去。于是，我们呼呼啦啦都出了站。

曾大云提着酒壶，愤然四顾，说：“这是上好的谷酒，怎么能说扔就扔？”

一言不合，我们都把自己的茶杯倒空，全部灌满酒。最后，壶里还有约莫 1 斤酒，实在没有容器了，只好忍痛扔掉。

再一次进站安检，顺利通过。过了安检点，快走一阵，感觉距离安全了，我们失声大笑。还没有上火车，我们已经群体乐不可支了，因为偷带谷酒成功。

一路走来欢乐多，就不细说了，毕竟是来跑步的，还是得说一点跑步的事吧。这次我是跟团长兼师傅高旭一起跑完的。沿途景色很美，一起步，高旭就跑得很轻松，我跟着他，其实有点拖，有点吃力。吃力也得跟呀，咬咬牙吧。这一咬牙，就到了青城山下。山门里面是一眼望不到头的坡，又长又陡，还是个折返。他要再这样拖我一下，我就要崩掉了。

这时，师妹的电话来了，报告说，她和徐明刚过21公里，差不多在我们后面两公里。

高旭一听，表示莫名惊诧，说："啊？我一直以为你们在前面，还一路狂追呢！你们慢慢跑，我们在前面等你们。"

挂了电话，就是陡坡，一个陡坡折返下来，差不多也到30公里了。高旭没有了起步时的斗志，不正经跑，也不正经等，走走停停。我暗自庆幸，师妹一个电话救了我呀，我就跟着高旭慢慢摇吧。

他一会儿在路边找个石墩子坐下来，也不好好休息，还要跟志愿者聊天；一会儿看到老人在路边摆着竹椅，就跑过去坐，跷着腿，很享受的样子。不过，只要看到摄影师的炮筒子对着我们，他就会马上说："咱们跑一下吧。"我知道，要冲着镜头。

快到终点的时候，他说："真不好意思，拖累你了。"

我不接受，真心觉得这一路的陪伴是极其难得的。想想吧，平时，我们都在各自城市忙碌，就算见面，也是一桌人推杯换盏嘻嘻哈哈。想要两个人有5个小时的单独相处，恐怕办不到。但一个全马就能，两个人能相伴跑完全程，就是最奢侈的见面。

跑完全程，按常理，我们应该有一个聚餐。但这次因为是从成都转车过来的，大家返程的车次都不一样，就取消了聚餐，各自往成都赶。

我返回宾馆时间较晚，同路的人都整理好了行装，只等出发了。我怕饿，所以挤时间跑到旁边的小店里，点了一碗肥肠粉。老板问要辣不，当然，不辣不四川嘛。

就是这一辣，酿成了后患。一碗肥肠粉吃下去，肚子舒服了，屁股不对劲了，火辣辣的。丢下碗筷不多久，就察觉大事不好，痔疮发作了。

十个男人九个痔，本来以为忍一忍，几天就好。可是，过了几天，不但没好，还加重了，已经到了非手术不可的程度。好嘛，一刀下去，趴在家里，人就老实了。

痛定思痛，终于明白了一个道理：跑步之后，饮食一定要注意，辛辣刺激之物最好远离。因为那时的身体处于完全打开状态，每一个薄弱环节都暴露无遗，一根小稻草正好掉在薄弱处，就能压垮整个身体。

这话其实一点也不虚夸，我曾经有过一次教训的。记得那次是群里拉练，天热，跑了个半马之后，大家在一起聚餐。我本来不喝白酒，但为了助兴，就倒了一浅杯，跟着大家凑热闹。只喝了一口，当时就感到嗓子火辣辣的，接下来，整整 3 天，我的喉咙哑得说不出一句话。

受过两次重创之后，我才清醒过来，多么痛的领悟。

老马们常说，跑步前后的拉伸非常重要。

我想加一句，跑步前后的饮食也非常重要。

黑冷马群一直有读书的氛围，群里常常会发出号召：要么读书，要么跑步，别扯犊子！

这个口号并不虚发，团长高旭就是个极爱读书的人，时不时还会向我推荐几本书。

九妹和不系舟也都是饱学之士，肚子里有货，在群里出口成章成诗。他俩斗嘴的时候，我们都喜欢围观，欣赏他们的妙语连珠。

这次都江堰一战，我忽然被卷了进去，不怪我，是不系舟直接艾特我，为我赋诗一首：

@黄春华
春花芳草飞絮日，
何故掩门暗自伤。
纵酒放歌须臾过，
不教黑发染秋霜。

来而不往非礼也。我本非诗人，但硬着头皮也得答上一首：

@不系舟
都江围堰水自流，
青城隐去江湖休。
何得成都最逍遥，
放任自在不系舟。

一来二去，群里搅和得一塌糊涂，我却觉得心中豁然。不是因为作了几首歪诗，而是我们这个群里的气氛让我喜爱。有速度，有温度，有诗情，有人情——我只想说，有黑冷马群，真好！不管生活多么复杂，跑步，让我们简单。

无痛哭，不全马

34

想成为一名普通跑者，到底有多难？

以我不成熟的经验，我想告诉你，最难的是开始。很多人站在一边议论着跑步的种种是非，理直气壮，吐沫横飞，成就感十足，可是，那样好吗？有那工夫，还不如脱下皮鞋，穿上跑鞋，闭上嘴，迈开腿，一切都在不言中了。

如果你开始跑步了，那么，我就要告诉你，更难的是坚持。诱惑我们的有沙发、电视、酒局、牌局……阻止我们的还有工作、事业上必须的加班加点，似乎根本腾不出时间。除此之外，还有天气、心情等，都是拖住我们的绳索。所以，是个老马就会告诉你，真正重要的是站在起跑线上，上了跑道，就顺理成章了。

这话也不能全信。在跑道上，也要克服一次又一次的心理障碍。一个初级跑者，通常会觉得跑个两三公里就累得要命了。没错，这是每一个成熟跑者每次起跑都会累的阶段，因为刚刚开始，身体还没有打开，一切都在启动中，当然吃力。

但是别放弃，要坚持，就先巩固两三公里。渐渐地，你就可以跑5公里了，好像这也是一个极限。当然不是，你再巩固5公里，渐渐地，你就向着10公里奔了。

很多人到了这个阶段，就会说，跑什么半马全马，就跑10公里，挺好了。话虽这样说，可是，等你巩固了10公里，腿脚自然就不听使唤了，直接向着半马奔。

好了，半马够了，全马挺折磨人的，何必自己找罪受呢？以后就跑半马了。我身边几乎每一个人都说过同样的话，但是，没有谁能控制住自己的腿脚，结果，最后都纷纷踏上了全马的赛道。

老婆就是在取得了“抬脚半马”的雅号之后，提出要跑个全马试试。我从内心里，是希望她跑半马就好了。她非要跑全马，要死要活不说，万一跑崩了或者跑出个硬伤，难免就会留下身体病痛和心理阴影。

可是，魔鬼已经上了身，老婆铁了心要跑全马。她心里也怕，所以，选择在武汉家门口挑战，万一失败，抬着回家也方便一些。

武汉已经举办了两届马拉松，因为几近完美，所以，报名人数每年递增，第三届马拉松2018年4月15日开赛，报名人数达13万，总参赛名额只有2.4万个，想中签，比大街上捡钱还难。

我和老婆平时都没捡到过钱，当然也没有中签。可老婆不死心，非要我去找赞助商咸伙计。

我已经提到过，咸伙计的老总袁浩是我当年的铁哥们。2017

年，咸伙计开始赞助汉马，袁浩给我打电话，问我要不要名额。我正愁没中签，于是，要了一个全马名额。

2018 年名额更紧张了，我都不太好意思去找袁浩了。经不住老婆的软磨硬蹭，我还是给袁浩打了电话。袁浩一个磕巴都没打，直接答应确保老婆一个全马名额，至于我，就只有半马名额了。

名额到手，心里还有点遗憾：老婆跑第一个全马，我不能陪跑了。没想到，汉马前不久的都江堰马拉松，我跑出了一个意外，做了手术，这么短的时间内，身体虽然小有恢复，但要跑全马，确实挺冒险。回头一看，上天似乎早有安排，对我来说，汉马跑个半马，应该是最合适的了。

虽然这次汉马难中签，但鱼有鱼路，虾有虾路，通过各种渠道，我们家族一共有 8 人参赛。望着这样强大的阵容，我是有成就感的。毕竟，我是第一个跑步的人，当年的种种艰难历历在目，而今看到家人一个个加入，并享受跑步，觉得这一切都值。

家里参赛人虽多，但无法集中跑。一是大家的项目不同，有全马、半马、迷你跑，都被隔离在不同的区域。二是黑冷马群外地跑友到汉，我们汉马要接待。

这次汉马太难中签，所以，黑冷马群外地的跑友极少参加，主要是团长高旭带着西安帮前来，成员有九妹、不系舟、高峡、刘玉兰。人数虽然不多，但汉马跑团还是全体出动，热情接待。

这次接待活动由新任汉马跑团团长郭海鹏全权指挥，徐明、徐超、冷不丁、周宏贵等一批老马都拿出了十二分的热心，方方面面周到细致。

高凯这次没有中签，一点也不闲着，抱着秘密武器在终点蹲守。外地的跑友来到终点出口，他的一捧鲜花突然就献了上去，搞得大家惊叫不止。当然，他也没有忘记留下最后一捧粉红色包装的鲜花，将这份特别的花献给了女友彭妹妹。

这次跑半马，我选择了穿咸伙计发的队服。明理上说，拿人家名额就得穿人家队服，其实不然，我可以穿任何一种服装上场，也没有谁来管。但是，我从内心里佩服袁浩，不仅仅是他现在掌管着咸伙计，更是想起了从前的许多事。

当年，我和他一起分到武钢快餐食品工厂，一起在车间工人岗位上干了一段时间之后，我就进了办公室当秘书，他则进了饮料厂。那时的饮料厂生产盐汽水，主要是供炉前工和高温作业区饮用，渐渐地，成了全武钢职工的必备饮料。一到夏天，肯定是供不应求。为了保产，袁浩就住在厂里，日夜守护着生产线——还好，那时他还是个单身。一个夏天过去，等我再见到他，本来就瘦的他，又涂了一层黑。

后来，我离开了快餐工厂，并不太清楚盐汽水是怎么一步一步变成咸伙计的，但我知道盐汽水就是咸伙计的前身，就是袁浩在那些炎热的夏天守护过的一口水。这一口水能经历这几十年，如今以崭新的面貌呈现在马拉松的赛道上，我是多么为袁浩高兴！

袁浩虽然没有跟我一起站在赛道上，但是，他的人生轨迹，本身就是一条清晰的马拉松赛道。这条赛道告诉我们一条不变的真理：唯有坚持，才能抵达梦想的地方。

我穿着咸伙计的队服进入半马区，找到了咸伙计的团队，可是，都不认识，就远远地望着。这时，站在我旁边的一个团员说："哎呀，谁能带着我跑呀？"我就接话问："你的配速是多少？""6分半。""好，你跟着我跑就行了。"她在群里网名叫哈哈。

起跑之后，我一直跟着哈哈。不过，哈哈并没有压到6分半，而是6分多一点点。这样的配速，我也觉得很舒服。

跑了10多公里，我要上厕所，就让她先跑了。上完厕所，我加快速度，想追赶哈哈，追出很远，也没有见到她的影子。她应该是以不变的配速跑了，很好。

意外的是，我追到了老婆。在跑神徐超的带领下，她、二姐和彭妹妹一起跑。我和他们会合，一起向前跑。我问老婆感觉如何。她说还没到半马呢，没感觉。

徐超不愧为超级跑神，每到一个补给点，他就过去拿一瓶水。另外3人都不用靠近补给点，只用捏着一个空杯子，向前跑，等着徐超来给她们一一倒水，递上。我看得都惊呆了。

有这样的跑神保驾护航，我还有什么担心的？到了半马分叉口，我大声跟他们说了再见。

再见就是在全马的终点。我跑完半马，稍喘了口气，就赶到全马终点去了。我要在这里等着老婆，但能不能等到，是一个悬念。我设想着种种可能性，把自己搞得越来越紧张了。

突然，一个熟悉的身影出现了，不是老婆，是娟。娟在头一次跑完半马的时候哭得稀里哗啦的，那张照片广为流传，成了我们取笑她的把柄。这次，她竟然独自挑战全马成功，虽然脸晒得通红，但表情还算镇定。她老公就站在我前面，正张开双臂迎接她。

拥抱过老公，娟表情仍然镇定。我想，她是经受了磨炼，已经成熟了。正这么想着，她一眼看到了我，就伸开双臂扑过来，二话不说，放声大哭。

为什么？为什么？我一边追问自己，一边安慰她，眼泪也有些控制不住了。在眼睛模糊的一瞬间，我明白了，老公是老公，跑友是跑友，全马的事，只有跑友懂，懂了才能交流，而此刻，交流的方式除了痛哭，还能是别的吗？

痛哭像暴雨，来得快，去得也快。娟很快止住了哭声，脸一抹，跟着老公先离开了。

我继续蹲守在终点。没过多久，老婆竟然出现了，时间比我想象的要快得多，状态也比我想象的要好得多。我提着的心放了下来，剩下的就是张开双臂迎接她。

她也冲着我过来了，本来还好好的面部，越靠近越变形，嘴巴也开始瘪起来了。在扑入怀里的一瞬间，就像电源开关被打开，她哇的一声痛哭不止。哭吧哭吧，我到这里来，就是为了让她能痛哭一场。毕竟，全马对她来说不是一件容易的事，她要挑战，我不反对，她成功了，就该痛哭。

哭声渐消，我问二姐呢？她说薇子跑到 41 公里处了，二姐一激动，掉头去接闺女了。薇子本来是一个迷你跑的号牌，竟然直接闯到了全马的终点，真不知她们母女相见会是一种什么样的场景。

赛后，我问老婆，跑全马是什么感觉？她说，看起来是万马奔腾，其实只是一个人的朝圣。

说得真好，她跑着跑着怎么就变成了哲人？一言道破人生。我们的一生不正是如此吗？表面上热闹非凡，其实，你真正的高兴、痛苦、寂寞又有谁懂？一切都需要你独自默默地承受。正因如此，在回望人生的时候，我们常常有想痛哭一场的冲动。想哭就哭吧，哭完继续上路。

哭过了，文章就该结束了。不是因为无话可说了，而是到此为止，我就跑了这些马。

手停了，脚不会停。

后记　在家里能跑多远

你在家里跑过步吗？跑步机不算，我说的是在 120 平方米的一套住宅里，穿梭于客厅、厨房、卧室之间，循环往复。你一定会说，有病吧？

没错，就是有病，这病是被憋出来的。

疫情突如其来，2020 年 1 月 23 日，武汉封城。紧接着，小区封闭，家家闭户，不能出门。

那时，我们一家三口关在屋里，一天唯一一次下楼，就是倒垃圾。出门之前，必须戴好口罩，再戴上吃油焖大虾的那种薄膜手套，按电梯时提心吊胆，生怕门一开，里面会有另一个人。

但这毕竟是唯一可以下楼的机会，再担忧也珍贵。“三八”妇女节那天，我和儿子通过商议，决定把倒垃圾的机会让给他妈，作为节日的礼物。

整天闷在家里，人都快发霉了，当然要找事做。儿子学校开始上网课，教打太极拳。我和老婆就在网上找了八段锦视频，跟着学，很简单，上手快，每天都打几遍。还是觉得憋闷，我就再做一些俯卧撑、仰卧起坐。再不行，就做倒立。反正折腾得就差把屋顶掀翻了，以为已经很出格了。

期间，“马群”里还是很热闹的，青马团群主发起捐款，黑冷马群也响应，共捐 5 万余元，直接打到中南医院账户。也有不少马友做了志愿者，每天奔波在一线。我受到影响，也准备报社区志愿者，得到的回答是年龄偏大。捂脸。

群里有人发信息，说在跑步。我先是一惊，以为他们能到户外了，再一打听，是在室内，进一步打听，是在自家客厅、厨房、卧室之间跑来跑去。这也太疯了吧！

这样的疯子还不止一个两个。以徐超为最，他是我们黑冷马群跑量最大的。我们是同时启用的悦跑圈，他的跑量突破 2 万公里的时候，我的才刚刚到 6000 公里。可以想象，对他这种人，想让他不跑，除非把他的腿捆起来。

跑就跑吧，在家里穿梭，我觉得跑个两三公里已经很够意思了，如果跑到 10 公里，就病得不轻了。可是，徐超动不动就跑个半马，那可是 21 公里出头呀！就不怕把楼板踩穿了？

并没有。楼板不穿，脚步就不会停。徐超关在自己 120 平方米的房子里，前前后后跑了 20 多个半马，最狠的一次竟然跑了 60 公里。

终于开城了。我第一次站在跑道上，试着完成 10 公里，却发现非常吃力。有段时间没有跑了，重新启动，当然不会轻松。

但我一点也不在乎，只要能站到跑道上，只要能跑，就觉得无比幸福，其他一切都不重要了。